終わらない歌

Natsu Miyashita

宮下奈都

実業之日本社

contents

ブックデザイン　鈴木正道（Suzuki Design）
イラストレーション　山下以登

終わらない歌

program

Ⅰ　シオンの娘

Happy Birthday to You　御木元 玲＆原 千夏

讃美歌 130 番 よろこべや、たたえよや〜シオンの娘〜　御木元 響（ヴァイオリン）

Ⅱ　スライダーズ・ミックス

スライダーズ・ミックス　久保塚貴一（トロンボーン）

Ⅲ　バームクーヘン、ふたたび

バームクーヘン　ザ・ハイロウズ

Ⅳ　コスモス

合唱曲 COSMOS　明泉女子高等学校３年Ａ組

Ⅴ Joy to the world

Joy to the world　Three Dog Night ／原 千夏＆仁科秀子

Ⅵ　終わらない歌

麗しのマドンナ／ハバネラ〜恋は野の鳥〜　御木元 玲

人にやさしく　御木元 玲＆原 千夏

未来は僕等の手の中／リンダリンダ／終わらない歌　御木元 玲＆原 千夏＆早瀬七緒

Ⅰ　シオンの娘

運がよければここから野生のアザラシが見える、と教えられた浜辺で私は長い間すわっていた。日射しはまだ強かったけれど、すでに秋の気配が混じっていた。

もしかしたら波間の向こうに浮かぶ丸いものがそれかと思ったが、いつまでも同じところにある。動いてはいる。でも、ただ浮かんで揺れているだけのようにも見えた。ウキみたいなものかもしれない。ブイというんだったか。人けのない八月の海に向かってすわっていると、波の色も形も光の加減も不思議なものに見えてきて、そのうちのどれかがアザラシの鼻先なんじゃないか、頭なんじゃないかと思えてくる。

それらしいものが見えたということにしておけばいいかと思った。誰に対して「しておく」のかはわからないが、とりあえずこの海岸に来てアザラシを見たということにしておくのは大切なことのように思えた。実際のところ、それほどアザラシを見たいわけでも、ここを訪れた記念がほしいわけでもない。ただ、私はここで何かをしたのだと思い込みたいだけだ。意味のある旅行だった、と。

夏休みにひとりで訪れた北の海辺の町だった。

穏やかな空の下で、海は静かに波立っていた。いつまで眺めていてもきっとこんな感じなんだろう。そもそも海を見に来たわけでもなかった。ただこの辺を歩いていたら、海を見ないわけにはいかないような気がしてしまったのだ。お腹《なか》も空《す》いてきていた。そろそろ戻ろう、と思ったとき、何かおかしなものが波間から覗《のぞ》いたような気がした。そこだけ波が大きくなったというか、波が割れたというか。ともかく私は何を見ているのか、何を探しているのだったかも忘れて、波の平均律を乱した場所へ目をやった。黒くて丸いものが浮かんでいた。明らかに、波ではなかった。

「アザラシだ」

思わず声に出していた。黒い頭が、教えられた岩場よりだいぶこちら側にぽかりと浮かんでいた。待ち望んでいたわけでもなかったはずなのに、気持ちが浮き立った。アザラシだ、アザラシだ。妙に親しい気分だった。人間の頭のようにも見えたからだろうか。立ち泳ぎをしている少年のような、濡《ぬ》れた髪が張りついた気のよさそうな顔が、今にもこちらに笑いかけてきそうだった。

「かわいい」

またも私は口に出した。それもこんなに能のないひとことを。ひとりで旅行を続けるうちに、無意識のうちにひとりごとをいうのが癖《くせ》になってしまったのかもしれない。むしろ意識して発すればひとりごととはいわないだろう。そう開き直ってもう一度いった。

「かわいいなあ」

ほんとうにそんなにアザラシがかわいいのか、よくわからなかったけれど。かわいいというより、なんだろう。何かに似ているような気がする。それが何だったのか思い出せないうちに、波間に浮かんでいた黒い頭が潜《もぐ》った。もう、目を凝らしても、どこへ潜ったのか、次に海面に頭を出すとしたらどの辺りなのか、まったく見当もつかなかった。静かに揺れる波がどこまでもどこまでも続いているだけだった。

海岸をたどっていけば、どこかへ着くはずだった。目的地があったわけではない。ただどこかへ行きたかっただけ、東京を離れたかっただけ、といえばいかにも逃げているようで体裁が悪い。だけど、認めなくちゃいけない。私は、逃げてきた。

アザラシを見たことで踏ん切りがついた。帰ろう。何に似ているのかわからないまま、アザラシは私の中の郷愁を呼び覚ました。とにかく、東京の部屋へ帰ろう。元の生活に戻れるかどうかはそれから考えよう。

夏休みのひとり旅は、アザラシが終わらせてくれた。

*

午後の授業を終えてテキストを鞄《かばん》にしまおうとしたところで、携帯が光っているのに気がついた。廊下へ出て、人の波に紛れながらメールを確認する。

――今夜、行っていい？

相変わらず、素っ気ない短文だった。

携帯メールの着信音を消しているので、どうしても時間差ができる。わかってくれているとは思うけれど、着信時刻が気になった。

――だいじょうぶだよ。遅くなりそう？　ごはんどうする？

それだけ急いで送り返して、どんな気持ちで二時間も返信を待っていただろうかと考える。

果たして、すぐに返信が来た。

――八時に「だいこん屋」。遅れそうだったらまた連絡するね。

だいこん屋というのは私の住んでいる最寄り駅にある、ごはんのおいしい居酒屋だ。八時に来られるなんて、早すぎておかしい。きっと何かあったんだな、と思う。

携帯を鞄にしまいながら階段を下りる。踊り場で後ろから何人かの同級生に追い抜かれた。

「また明日《あした》ね」

栗色の髪をうねらせて篠原《しのはら》さんが通っていく。

「またね」

彼女の通った廊下に余韻《よいん》が残るようだった。

篠原さんは、クラスで一番点数が高い。つまり、歌がうまい、といい替えてもいい。

ただ、篠原さんの歌を聞くとまず、ああ、この人の歌はすごく高得点だろう、と思うのだ。嫌ないい方かもしれない。素直に、篠原さんの歌はうまいといえばいい。彼女の歌は表情が豊かで、他《ほか》の学生たちとは明らかに違う声の広がりがあった。もちろん、私ともだ。明らかに、違う。きっとクラスの誰もが思っている。彼女が一番だ。悲しいことに、私たちはとても耳がいい。彼女の歌が一番強く、一番遠くまで届く。そして私たちはそれに気圧《けお》されている。

二号館脇《わき》のベンチにすわり、ヘッドフォンをつける。それで外からの音が遮断される。音楽は流さない。音楽をかけて何かを考えると四割増しくらいで楽観的になってしまう。

私は自分が今狭苦しい場所にいることを忘れたくない。何番だろう、この歌はどれくらいうまく歌えているだろう、と数えてしまう自分から目を逸《そ》らしたくない。

何が足りないのか。どうすればいいのか。音のしないヘッドフォンを耳につけて、私はベンチの足下を見る。問いばかりで答はない。目を上げれば、楽しそうな学生たちが行き交っている。この学校にいてほんとうに楽しく感じられるとしたら、よほど恵まれた人だろう。多くの学生が、きっと自分の資質を疑い、この先の人生に明るい道筋を見出《みいだ》せずにいる。

才能がほしい。個性がほしい。多くの学生がそう願って、それを隠して、暗い炎を燃やしている。何かの拍子にそれを見るのがつらい。私の炎も誰かに見えてしまうことがあるのかもしれなかった。

私は情熱がほしい。どんな障害をも越えていく情熱。たぶんそれこそが、才能だとか、個性だとか、それから努力だとか、素質だとか、可能性、環境、遺伝、機会、そんなようななんだか別々のようでいて実はとてもよく似た、たちの悪いばけものに立ち向かう唯一の武器なんじゃないかと思う。

風が吹いて、木々が枝を揺らす。葉の間から射す陽もだいぶ弱くなった。どこに情熱があるだろう。どうやってそれを燃やせばいいんだろう。

いろんなことがわかってしまったような場所で、評価から離れて歌うのは勇気のいることだ。そして、評価を忘れて友達とつきあうのも骨の折れることだと思う。

大学へ入って一年半になるのに、ほんとうに心の許せる友人などひとりもできなかった。授業が終わればさっさとひとりの部屋に帰る。話をするくらいの相手ならいないわけではないけれど、ひとりのほうがずっと気楽だ。二十歳《はたち》にしてこれだから、この先ますます閉じこもっていくんじゃないかと考えると恐ろしい。

そういえば、うちの学校には裕福な家庭の子が多いようだ。篠原さんもやはりどこだったか大きな会社の社長の孫だと聞いたことがあった。小さい頃から特別な音楽の教育を受け続けるには相応の財力がないとむずかしい部分もあるのかもしれない。

私自身は特に豊かな家庭に生まれたわけではない。母はヴァイオリニストとして名が通ってはいるものの、父親はいない。大学までどうしても通い切れない距離ではないのに自宅を出てひとり暮らしをさせてもらっている状況は明らかに贅沢《ぜいたく》だった。しかし、大学に入ったら一度は家を出るよう、いい渡したのは当の母だ。

もちろん、ひとりで暮らせるならそうしてみたかった。特に、実習も含め、授業数の多い一、二年生のうちは通学時間が短いに越したことはない。学生寮に入るには不向きな性格であることも、母はよくわかっていたようだ。当然のように大学から近い場所にマンションを借りてくれた。

「親元にいたらわからないことってあるのよ」

母はいった。

「人生って案外短いんだから。今勉強しないでいつするの」

笑って送り出してくれたけれど、口調はいつになく強かった。

人生は短い、だろうか。それならそれでかまわない。今まで生きてきた分よりもずっと長いこれからを生きていくには、どう考えても私の情熱は足りないだろう。

母の目尻に刻まれた皺《しわ》をそれとなく見た。若い頃の母の、皮膚だけでなく、まわりの空気までぴんと張りつめたようなジャケット写真を思い出す。年をとって円熟味が増したと評価される演奏家もたしかに多い。でも、同じくらい多くの演奏家は年と共に情熱をなくし、勢いをなくしていくように思えた。母も闘っているのだろうか。得るものと失うもの。なくしたくないものを必死で抱え込もうとすることもあるのだろうか。

「どうかした?」

黙ってしまった私を母は怪訝《けげん》そうに見た。

持っているものがなければ失うものもない。衰えを気にしなければならないようなものは、少なくとも私にはなかった。それさえも、これから手に入れにいく。

「がんばるよ」

私は母にいった。笑顔で、手を振りながら。


せっかく送り出してくれた母に、弱気なことはいえない。いいたくない。

もしかしたら、私に歌は歌えないのではないか。音楽に情熱を見出すことをあきらめてしまっているのではないか。そう思っていることは話せなかった。

母がヴァイオリンを弾くのは当たり前すぎるほど当たり前のことだったのに、私は自由に歌えなくなっている。歌って評価されることを恐れている。

歌を歌えればそれでいい、と思っていた。でもそれが案外むずかしい。聴いてくれる人がいなければつまらない。力がなければ聴衆を集めることはできない。そして私には力はなかった。私の歌に私自身が価値を見出せないでいる。

入学当初から突きつけられてきた事実だったにもかかわらず、私はそれを見て見ぬふりをした。私だけではない。大方の生徒は与えられた場所で波風を立てぬようふるまった。いずれにせよ、もうすぐはっきりする。順位をつけられ社会に押し出される。押し出された私たちを、誰が拾ってくれるだろう。あたたかく迎え入れてくれるだろう。誰も手を差し出してくれなかったら、押し出されたところでてんみたいにぐずぐず落ちて崩れるしかない。

義務教育をとっくに過ぎて、お金をかけて特別な教育を受けさせてもらったあげくに最後のところでところてんかと思ったら、親にも周囲にも申し訳が立たない気がした。気がしただけだ。私たちは夢だ。希望だ。胸を張っていなければならない。この先にどんな未来が待ちかまえているかわからなくても、夢で希望でなくてはならない。少なくとも、親や家族の夢で、希望で。だからこそ、夢と希望でなくなったときにつらいのだ。燦然《さんぜん》と輝いたはずの未来は、自分たちのものではなく、まわりの人のものだったのだと思う。

私の歌はお嬢さん芸だと思う。誰も何もいわないけれど、自分が一番よくわかる。私はただ歌を歌うだけだ。歌で表現するものが何もない。歌は私の喉《のど》をひゅうひゅう通り抜けていく。通り抜ける喉はべつに私の喉ではなくてもいいのだ。歌にとってはむしろもっと他に豊かな色をつけて世に送り出してくれる喉があるだろう。

明るく、楽しそうに、元気よく。あるいは、悲しげに、打ちひしがれて。そんなふりをして歌うことはできる。いくらでもできる。ただし、「ふり」だ。それが自分で嫌になる。悲しくもないのに悲しげに歌うことで何を表せるのだろう。私の中の悲しみの深さはまったく足りない。そこを掘り起こしても、揺さぶっても、出てくるのは悲しみの「ふり」でしかない。

私に足りないのは何だろう。感情ではない。表現力でもない。才能でも環境でも努力でもなく、体験、ではないか。お嬢さんには決定的に体験が足りないのではないか。

歌がうまいってどういうことだろう。そんなことをいっているようじゃ最初から駄目だと思う。つまらないところで悩んだり立ち止まったりせずどんどん行ける人じゃないと、どんどんどんどん進んで行ける人じゃないと、最初から駄目だ。だって、ほんとうにつまらないところなのだ。ちゃんとうまく歌えていれば、立ち止まる必要のないところだった。もしかしたら、歌を歌うことだけでなく、どんな分野でも似ているのかもしれない。とりあえず、悩まない。立ち止まらない。そのためには、一番うまく、もしくは二番か三番くらいにうまくなければならないのだった。

もちろん、それぞれの得意分野はある。イタリアの古典歌曲ならあの人、この作曲家の歌ならこの人、というふうに。でも、強力な得意を持つ人は大概、総合的に見ても五本の指で数えられるくらいの位置にいる。ひとつの歌で抜きん出るようになれれば、他の歌も歌える。やっぱり五番以内だ。その順位はすでに決まってしまっている。この先番狂わせがあるとしても、ひっくり返るようなことにはならない。遅咲きの誰かが乱入してくるか、上位五人のうちの誰かに何らかのアクシデントが起こるというような、よほどのことがない限り。

私は自分を遅咲きだとも思わない。この大学に入ってくるような人は早いうちに教育を受けはじめた人が大半だけれど、たまに高校の合唱部で初めて歌を歌う楽しさを知ったなどという人もいて、私はそれが少しうらやましい。これからの伸びしろが未知数だから。私は入学したときにはすでにある程度歌えていたと思う。ある程度というのが問題なのだ。自分の歌がどの程度なのか、わからなければよかった。ここに来る人はみんな耳がいい。クラスの二十人がどれくらいの間、歌えるか、それこそ全員がわかってしまっている。ある程度、というのは七番から十番くらい、ということだ。かなり絞り込まれて入学しているわけだから、そこで真ん中より上なら悪くはないのかもしれない。でも、誰かの歌を聴きたいと思ったとき、たかだか大学のひとクラスの中で七番目の人間の歌をわざわざ聴きに行こうとは思わないだろう。

地下鉄の窓ガラスに映った自分の顔を見て、我に返る。むずかしい顔をしていた。考えてもしかたのないことだらけだ。

改札を出たところで、肩をたたかれた。

「今の電車だったの？」

千夏《ちなつ》だった。思わず駅の時計を確認した。八時にはまだ間があった。

「早かったじゃない」

いつも千夏は走ってくるのだ。約束の時間に遅刻しそうになって、息を切らせてやってくる。その上気した頰《ほお》を、私はきれいだと思う。だらだらしていて遅れるのではないことも知っている。持ち時間ぎりぎりめいっぱいまでできるだけのことをして走ってくる。千夏はそういう子だ。

改札を抜けて並んで歩きながら、小柄な千夏のさらさらの髪が肩先で揺れるのを見る。

「だいじょうぶなの？」

バイト帰りで疲れているだろうと思った。高校の同級生だった千夏はうちの実家よりさらに遠くの自宅からかなりの時間をかけて都心まで通っている。終電も早い。夜遅くなって自宅まで帰れなくなりそうなときに、私の部屋に泊まりに来ることが多い。食事はすでに済ませているか、何か買ってくるかだ。それからふたりでお茶を飲みながら遅くまで話していることもあるし、あっというまに千夏が眠ってしまう晩もあった。

半歩ほど先を歩いていた千夏はくるっと振り返って笑顔になり、指を二本立ててみせた。変わった形のピースだった。

「だいじょうぶ。今日、バイト代入ったの」

身体《からだ》ではなくお金の心配をしていると取ったらしい。

「玲《れい》にはいつもお世話になってるから。今日は私がごちそうするよ」

すぐには返事ができなかった。そんなのいいよ、というべきか、ありがとう、と受けたほうがいいのか。そのためにわざわざ早い時間に来てくれたことが胸に沁《し》みた。

ほとんどの同級生たちが大学へ行くのに、千夏は進学しなかった。そうして、自分で働いたお金で歌やダンスのレッスンに通っている。小さなミュージカルの劇団にも属している。ここが本命だ。人気のあった役者が興《おこ》したまだ新しい劇団だけど、レベルはかなり高く、口コミでお客さんが急増しているらしい。千夏のように働きながら所属している人が大半だ。高三のときに私が誘って観に行ったミュージカルがきっかけだったと聞いたときは驚いた。もちろん、うれしかった。でも、少しだけ戸惑った。いつもいきいきと弾むように生きている千夏が、一番だとか二番だとか自分の順位を考えるようになることを恐れた。欠かさず観に行く公演で、千夏はまだコーラスの一員、群舞シーンのダンサーのひとり、でしかなかった。

千夏はバイトを二つ掛け持ちしている。一つは、大きな劇場の窓口でチケットを取り扱ったり、お客さんを案内したりする仕事だそうだ。そこでの仕事を終えると、二つめのバイトに入る。ちょうど混みはじめる時間帯のカフェのホール係だ。一度覗きに行ったことがある。千夏のことだからどんなににこにこ愛想よく接客しているかと思ったら、生真面目《きまじめ》な顔でテーブルの間をくるくると動きまわっていて、声をかけそびれてしまった。

バイトはときどき三つになり、四つになる。関係者に頼まれ、舞台の制作現場の手伝いに行ったりもする。徹夜明けのまま劇場のバイトに直行したらしく、翌日の夜、目の下に隈《くま》をつくってうちに泊まりに来たこともあった。

成績がよかったのに進学しないばかりか、就職もしなかったのは、千夏の誠意だった。いつか本命で忙しくなって働けなくなるときが来る。そう信じている自分への、そして周囲への誠意だ。そんなふうに千夏自身の口から聞いたことはないけれど、そばにいるとわかる。千夏は歌を歌い、踊り、芝居をする。そのために生きている。いつか舞台の中央に立つ日まで、働けるときに働いてお金を貯めておくつもりなのだろう。まだしばらくそのときが来そうにないことを本人は残念がり、また焦《あせ》ってもいるのだと思う。あまり顔には出さないけれど。

焦ることはない。千夏はそこにいるだけで千夏だ。ぐんぐん伸びていく生命力で輝いているように見える。

「千夏はいいなあ」

信号待ちをしながら思わずつぶやいたら、何もいわずに隣で笑っていた。こういうときの千夏はほんとうにいい。千夏のことがうらやましいという意味ではなく、千夏というきらきらした存在がいいなあと思う。それを素直に受けとめてくれるのがいい。変に謙遜《けんそん》したり、玲のほうがいいじゃないなどと無粋なことをいったりしない。ううん、ほんとうはちょっと、千夏のことがうらやましい。でも、受けとめてもらうおかげで、その感情はその感情のままそこにあっていいような気持ちになる。

歩行者信号が青に変わったとき、

「バイトしたいと思ってるんだ」

少し思い切って、私はいった。

「どうして」

お金に困っているわけでもないでしょう、と千夏はいいたかったかもしれない。

「バイトして、今まで見たことのないものを見たいから」

ほんとうにお金が必要な千夏に比べると、私の思いつきには重みがない。いい気なものだと自分でも思うが、千夏にきれいごとをいってもしかたがなかった。とにかく私は手探りで自分の経験を増やしていくしかない。

バイトをすれば社会経験が積めるなんておこがましいことは思っていない。アルバイトの立場でちょっと働いたくらいじゃ、ほんとうの社会のことなんかわからないだろう。バイトと正社員では、責任の持ち方も、気の遣い方も、働きぶりも、根本的に違うのではないか。もしかしたらそれはバイトであるかどうか以前の問題かもしれないけれど。千夏といるとそれがよくわかる。私は自分が気働きのできない木偶《でく》の棒みたいに感じられる。

それでも、しないよりましだと思う。働かないよりまし、気働きができないことに気づかないよりはまし。何かよりましだと思うほうへ動くことが、この頃の私の行動基準になっているようにも思える。何をしたらいいのかわからないから、少しでもましなほうへ動く。たぶん、間違ってはいないだろう。

「ああ、いいね」

千夏は機嫌よく即答してくれた。そうだ、これを聞きたかったんだ、と思う。千夏に肯定してもらえると、それだけでうまくいくような気がした。

「結婚式なんてどうかな」

とてもいいことを思いついたみたいな得意気な顔で千夏は提案した。

「誰が結婚するの?」

尋ねると、やだ、と笑っている。

「バイトの話。結婚式で働いてみたら?」

「結婚式で何するの」

千夏は不思議そうにこちらを見た。

「歌うんだよ」

歌う——。ごめん、それじゃバイトする意味がない。そう思って、はっとした。私はたぶん、歌から離れたいのだ。

今勉強しなくてどうする、という母の声が耳によみがえる。母だけでなく私自身も思う。もっとレッスンしなければ。もっと歌をうまく歌えるようにならなければ。だけど、どうすればいいのかわからない。感情の表し方、個性の見せ方がわからない。出すほどの感情も、見せるほどの個性もないのだから。

教室でレッスンを受けているだけではわからないものがある。人に揉《も》まれ、社会に揉まれて初めて得られるものがある、と思う。そこから生まれる感情、それこそを私は得たい。笑う準備も、泣く準備もできている。すべては、歌うために。

「玲が結婚式で歌うバイトしたら、人気出ると思うなあ」

「ありがとう。考えてみる」

歌うバイト。しないより、したほうがましかもしれない。

「ああ、お腹空いたよう」

千夏が情けない声を出した。千夏と会うことは、数少ないましの原理から外れた行為だ。千夏といるとそれだけで楽しい。狭いだいこん屋の階段を上下に並んで上りかけている。

初めてこの店に来たのは、一年くらい前だったか。千夏と一緒だった。私ひとりなら入らなかったろうし、大学の友人とでもやっぱり入っていなかっただろう。安くて明るくておいしい食べもののある居酒屋。千夏はそういう店を見つけるのが抜群にうまい。

ともかく、今夜も千夏は洗いざらしの白いシャツにただのジーンズで、どきっとするほどかっこよかった。かっこいいはおかしいかもしれない。小柄で、決して美人の部類ではなく、お化粧っけもなく、かといって人より前に飛び出していくタイプでもなく、それなのにどうしてこんなにいきいきして見えるのだろう。つま先の丸い、フラットな靴でとんとんとんと軽快に階段を上っていく千夏の背中をまぶしく眺める。

雑居ビルの二階にあるだいこん屋のドアを押して入ると、中から威勢のいい声が上がった。

「いらっしゃいませ」

こんにちはー、と千夏が入っていく。私もすぐ後ろから続こうとして、レジのところにいた店員と目が合った。そしてそのまま目が離せなくなってしまった。店の奥に歩きかけていた千夏が振り返り、

「どうしたの?」

声をかけてくれるまで、私はその場を一歩も動けずにいた。

「P」

「え?」

テーブルに着こうとしていた千夏が無邪気に私の視線の先をたどる。

「あ、ほんとだ、Pだ。おもしろい服だね」

P。胸に大きくPと書かれた白いTシャツを、その店員は着ていた。この店の制服らしい紺の前掛けをつけている。二十代の後半、いや、三十くらいだろうか。飄々《ひょうひょう》とした風貌でこちらを見ていた目に吸い込まれてしまいそうだった。

「どうかしたの、玲」

促されて私は椅子《いす》を引く。膝《ひざ》に力が入らないまま、お尻《しり》から崩れるように私は椅子に腰を下ろした。

アザラシだった、と思う。今そこにいたPのTシャツを着ていた人。夏の海で見たアザラシに似ていた。ニンゲンのオトコとして見れば、どうなんだろう。かなり変わった顔立ちだった。だけど、どうしてだか、目が離せなくなるような存在感があった。

「玲、あのね、ニュースがあるんだ」

おしぼりで手を拭《ふ》きながら、千夏がいった。なにげなさそうに装っているけれど、口元から笑みがこぼれている。まだ注文も終えていないのに、話すのが待ち切れない様子だ。

「なあに」

促したら、千夏はテーブルに身を乗り出すようにして、ささやく声で叫んだ。

「小さいけど役がついたの！」

「もしかして、今度の公演？」

こくんと大きくうなずく。

「おめでとう」

よかった。ほんとうによかった。千夏、おめでとう。いつもにも増して輝いて見えたのは、このせいだったのか。この話を私に報告したくて、今夜は八時に飛んできたのか。

「ひとりで歌うシーンもあるんだ」

「すごいじゃない。楽しみだよ」

「ありがとう」

千夏は満面の笑みでうなずくと、報告を終えて気が済んだのか、熱心にメニューを見はじめた。

トマトサラダ、チーズの盛り合わせ、ねぎまの塩焼き。それから、お腹が空いてるからといってオムライスなんかも頼んだはずだ。

「ここのオムライス、ほんとおいしいよね」

千夏が声を弾ませ、私もうなずいて答える。でも、今日は味がわかりそうもない。千夏に初めて役がついたこと。そして――。

「バイト募集してないかな、ここ」

だしぬけにいったので、千夏は丸い目をいっそう丸くした。

「ここって、この店？　いきなりここ？」

しないよりまし、というつもの基準とは違う、まったく新しい理由で私は動こうとしていた。

もちろんバイトに空きがあればの話だったけれど、空きはある、なければ空くまで待つ、とめずらしく強気になっている。千夏のニュースに背中を押された。すぐにでも動き出したい気分だった。

とろとろの卵ののっかったケチャップライスをスプーンで崩しながら、私は目を上げてこっそりあの店員を捜した。あの、さっきレジの向こう側からこちらへ向かって、いらっしゃいませ、といった人。

Pだ。アザラシだ。その姿を確認し、私は満足する。初めての、不思議な感覚だった。

「どうしたの、玲」

向かいの席から千夏が不思議そうに私の顔を見ている。

「なんでもない」

いったんはそういってから、大きく息を吸い込んだ。

「なんだか妙に気になる人がいる」

意を決して告げると、千夏は口をぽかんと開けた。それからぱちぱちと瞬《まばた》きをし、おもむろに背中を丸め、上目遣いになった。

「もしかして、男の人？」

「うん」

つられて小声になる。

「なんだろう、あの人。すごい力で引っ張られた感じがした」

私が目で示したほうを千夏がおそるおそる振り返る。それからもう一度こちらへ向き直った。

「もしかして、さっきのあの人？　シャツにPって書いてある」

「うん」

うなずくと、千夏は目を伏せた。

私は堂々としていたと思う。悪びれることもなかったのだ。私は自分の感情が何であるのか、よくわからなかった。ただ、強い感情につかまえられて揺さぶられている自分を、ちょっと離れたところから興味深く眺めているような感じがした。

「よくわからないんだけど」

千夏はチーズにフォークをやたらと深く突き刺しながら低い声でいった。

「つまり、玲はあのPを気に入ったってこと？」

気に、入った、だろうか。千夏は何か不満そうだった。

「気に入ったんだね、きっと」

確信は持てないまま、そう口にした。すごく気になるってことは、気に入ったってことなんだろう。いわれてみればそんな気もした。さっき初めて見た人だけど。あの人について何も知らないけれど。

「それって、もしかして」

さっきから千夏はもしかしてといい過ぎじゃないか。なんだかいつもの千夏と違う、と思ったとき、やっぱり千夏はいつもとは違うことをいった。

「ひとめぼれ?」

ひ——といいかけて、声も出なかった。目でPの人を追った。

「そんなわけないよ」

やっとのことで答えた。

「そういう感情じゃない」

「じゃあどういう感情?」

千夏が絡んでくる。お酒は飲んでいない。

「好き嫌いとかじゃないよ。ただ目が離せないっていうか、異様に吸い寄せられるっていうか」

「それがひとめぼれっていうんじゃないの」

そうかな? と首を傾《かし》げた。そんなわけないと思っていたから。

でも、傾げた首のまま、またPの人を目で追っている自分に気づく。これが、ひとめぼれなのか。違うだろう。そんなわけがないだろう。そう思いながら、ぜったいに違うとはいいきれないとも思っていた。ひとめぼれなんてしたことがなかったから。これがそうではないとはっきりとはいえないと思った。

千夏が大きくひとつため息をついた。

「どうしてよりによって玲のひとめぼれの相手が、よりによってあんな人なの」

あんな人、といわれるほどだろうか。私はまたあんな人の姿を目で捜す。

「あんな変な服の、適当そうな人。年齢不詳で、やる気がなさそうで、そのくせ意外と女たらしっぽくて」

なおもいい募《つの》ろうとする千夏に、もういいよ、と声をかける。

気まずい空気が流れた。せっかく千夏のうれしいニュースを聞いた夜だ。どうして怒っているのかわからないけれど、千夏と仲違《なかたが》いするくらいならPを気にするのはやめよう、と思った。


店主の稲垣《いながき》さんが厨房《ちゅうぼう》から出てきて、テーブルの一団に挨拶《あいさつ》をしていた。そういえば、店主が稲垣さんという名前だと知ったのも、ちょっとした会話からいろんな情報をつかむのがうまい千夏のおかげだ。千夏はまだ少し機嫌がよくなさそうに焼き鳥を頬張っていたけれど、稲垣さんが近づいてくると、顔を上げて明るい笑顔をつくった。

「久しぶり、千夏ちゃん。玲ちゃんも、元気だった？」

さすがは店主だ。そう何度も来ているわけでもないのに、ちゃんと顔と名前を覚えてくれている。

向こうのテーブルから、常連らしきおじさんが陽気な声を上げた。

「マスター、俺、今日誕生日なんだよ」

稲垣さんは笑顔でそちらを振り向き、そりゃおめでとう、と返した。

「おめでとうだけじゃなくってさ、なんかないの、お祝いのサプライズみたいなもん」

「サプライズね」

稲垣さんは笑って、

「横山《よこやま》様からお客様全員にドンペリいただきましたー、ってどうでしょう？」

「おいおい、俺が奢《おご》るのかよ」

横山さんと呼ばれたおじさんと連れの何人かが笑い声を上げたところで、稲垣さんは千夏に向き直った。

「千夏ちゃん、誕生日の歌、歌ってあげてくれないかな」

千夏はぱっと私を見た。

――いい？

――いいよ。

目だけで会話した後、千夏は稲垣さんに指でＯＫサインを出した。

「じゃあ、ほら、こちらのお嬢さんたちから横山さんにハッピーバースデイ。心して聞いてください」

千夏と私は立ち上がり、横山さんとその仲間らしき人たちがすわるテーブルのそばへ行った。

不思議なのは、ハッピーバースデイを歌うとき、最初の音を合わせる必要がないことだ。なぜか誰と歌っても、その場の雰囲気に合わせて最適なハの音が取れる。それとも、それは千夏とだからなのか。

千夏が人差し指で小さく二つカウントしたのを合図に、私たちは歌いはじめた。

ハッピーバースデイ　トゥーユー

最初の二小節で、目の前の男の人たちが息を止めるのがわかった。

ハッピーバースデイ　トゥーユー

次の二小節で、その顔に驚きが広がった。

ハッピーバースデイ　ディア　横山さん

次の二小節をきっちりハモったとき、彼らがうっとりしているのがわかった。

ハッピーバースデイ　トゥーユー

最後の二小節をたっぷり三拍伸ばしてから歌い終えると、一瞬の間があって、その後店内は拍手喝采《かっさい》に包まれた。

「ブラボー！」

「すごいよ、すごい、ふたりとも！」

「何者だよう」

「アンコール！」

口々にいわれて、私たちはふたりで目を見合わせて笑う。

「乾杯しよう、マスター、この子たちの分もグラス持ってきて」

場がいっそう盛り上がりかけたところで、

「あ、いえ、私たち、もう帰るところだったんです」

「お誕生日お祝いできてよかったです。今日はおめでとうございました」

笑顔で逃げ口上だ。鞄と上着を持って、早々に店を後にした。

夜道を早足で歩きながらくすくす笑う。楽しかった。たったのハッピーバースデイで満たされている。千夏とハモれば完ぺきだ。ぴったり息が合う。お互いがお互いを尊重して合わせることができる。ちらりと見ると、隣を歩く千夏も頬を紅潮させていた。

「千夏、おめでとう」

あとで詳しく、どんな役か聞こう。

「ありがとう」

Ｐのことはもうどちらも口にしなかった。明るく気持ちのいい夜だった。


どうしてあのとき稲垣さんは千夏に歌を頼んできたんだろう。千夏が歌えることを知っていたのはどうしてなんだろう。ふと疑問が過《よぎ》ることはあった。でも、もっと大きな疑問の陰に隠れてしまっていた。

あれはひとめぼれだったのか、そうではなかったのか。恋なのか、そうではないのか。わからないまま、私はここにいる。あのハッピーバースデイの翌日、再びだいこん屋を訪ね、運よくバイトに雇ってもらうことになった。週に三度、夜の七時から十一時。彼はすぐそこにいる。それだけでいい気がしている。

いや、嘘《うそ》だ。それだけでいいなどと予防線を張っている。彼のことは今もすごく気になる。だけど彼のほうは私には別に関心もないようだった。こちらに興味のない人に話しかける勇気は私にはない。興味など持ってもらえなくて当然だと自分でも思っている。歌を歌うことしか考えてこなかった二十歳に魅力があるとは思えない。歌を歌うことしか考えてこなかった。それなのに、今、歌を歌うことさえうまくいかなくなっている。

初めて会った日に着ていたＰのＴシャツは、その後もときどき見かけたけれど、特に意味のあるものではなさそうだった。私にはピアノのPに見えたのに。強弱記号のP、ピアノ＝弱く。いつも主張のある人々に囲まれていたから、声をひそめる感じがいいと思った。勝手にそう思っただけだ。ほんとうは駐車場のPかもしれないし、誰かの頭文字だったかもしれない。

居酒屋でバイトなんて初めてだった。しばらく緊張した。自分があまり気が利かないほうだと自覚していたから、できるだけ役に立てるよう神経を張りつめていた。実際には、時間中ずっと厨房脇の大きなシンクで食器を洗うばかりで、あとは人手の足りないときだけホールへ出てお皿を下げるくらいの仕事だ。

「今勉強しなくていつするの」

母の言葉が脳裏をかすめたが、バイトも勉強だと思ったのだ。何の勉強になるのかはよくわからなかったが、何もしないよりましだと思う。

あの夜お店に入っていなかったスタッフにも、歌のうまい玲ちゃん、として私の名前は広まっていた。愛称がつくのは悪いことじゃない。歌のうまい玲ちゃんでいい。否定することもない。そう思うのに、少しずつ、少しずつ、憂鬱《ゆううつ》になった。

ある日、厨房で、Pが私に向かって、歌のうまい玲ちゃん、とふざけて呼んだ。反射的に、違います、と口に出していた。

「違うって何が」

Pが聞き返す。無邪気な瞳《ひとみ》だけを見ていると、同年代みたいに思える。

「私、歌はうまくないです」

「だって俺、あの晩、店にいたよ。あそこで君が歌ってるのを聞いてたよ」

「あれは、一緒にいた友達がうまいんです。私じゃありません」

頑《かたく》なだったと思う。どうしてそんなに頑なに否定しなくてはいけなかったのだろう。あの程度でうまいといわれると恥ずかしい。不本意でもある。いえいえ実はこんなもんじゃないんですよ、と思ってしまう。本気で歌ったらもっとすごいんですよ。

このおかしなプライドをどうにかしたかった。

「友達って千夏ちゃんのこと？」

「千夏を知ってるんですか」

Pはおかしそうに笑った。

「知ってるよ。よく知ってる」

何がおかしいのかわからなくて、それにどうしてこの人が千夏のことをよく知っているのかもわからなくて、私はただ立っていた。Pは笑顔のままホールへ戻っていった。

それから我に返った。もっと他にいいようがあったはずだった。とりあえずPは私に話しかけてくれたのだ。歌のうまい玲ちゃんでもよかったじゃないか。もうちょっとかわいらしい返答ができたのではないか。

歌を歌うことしか考えてこなかった報《むく》いかもしれない。こうやって私はチャンスを逃してきたのだろう。誰かと近づくチャンス。すぐに気の利いたことを返せなくて、会話が続かない。あたたかい雰囲気をつくることもできない。Pだけじゃなく、他のスタッフも、お客さんも、男でも女でも若くても年寄りでも私と親しくしたいなんて誰も思わないだろう。

いや、そんなことより、Pが親しげに話しかけてくれたことを寿《ことほ》ごう。あんなに気になっていた人が、ほんの気まぐれであったとしても私に話しかけてくれた。それはもっともっとよろこんでいいことなのではないだろうか。そう冷静に考えている時点で、これは恋ではない、と悟った。私はやっぱり恋などしていなかった。

厨房の窓から稲垣さんに、玲ちゃんちょっと、と手招きされた。

「悪いけど、また誕生日、お願いできないかな」

一瞬迷った。今日は千夏はいない。ひとりでどんなハッピーバースデイを歌えるだろう。

「頼むよ」

笑顔でいわれて、うなずいていた。今日が誕生日のお客さんの顔を見てから決めよう。その人を見て歌いたくなったハッピーバースデイを歌おう。

歌がうまいってどういうことなのかなと思う。

発声のよさ、声の質、声量の豊かさ、音程の確かさ、息継ぎの自然さ、歌の解釈、感情の乗せ方。さまざまな要素が歌の善し悪しを決める。声楽科である私たちのすべてが決まるといってもいい。

しかし。ハッピーバースデイを歌ったときの、あの感激は何だ。歌で誰かをよろこばせる、今ここにいる人の心を揺さぶる、この感激は何だ。

技術って何だろう。声質ってどこまで重要なのだろう。生まれ持ったものと、後天的な努力と、何がどこまで影響するのだろう。わからない。わからないから、努力して訓練していくしかない。細い希望をつないで。

まだ胸によろこびが残っている。洗い場で、次々に運ばれてくる食器を洗い上げながら、さっきの誕生日のお客さんを思い出す。最初はちょっと照れているみたいだった。目の前に立った女子大生に自分のためだけにハッピーバースデイを歌われたら、どんな顔をして聴けばいいのかわからないだろう。私も同じだった。でも、そんな戸惑いはすぐに吹き飛んだ。ハッピーバースデイのハを歌い出した瞬間、世界が鮮やかに色づいて見えた。

歌い終えたときに、ありがとう、と笑顔で手を差し出されて、自然に握手をしていた。きっと私も晴れやかな顔をしていた。

歌に感情をうまく乗せられないことで悩んでいたのが嘘のようだった。伝えたい気持ちを乗せる乗り物として、歌が軽やかに走った。歌自身の持つ力と、私に備わる力、それが共鳴して聴く人の心に届くのだと思う。こんな簡単なことが普段はどうしてできないんだろう。伝える気持ちか、歌う相手か。いつも感情移入できるとは限らない歌を、顔の見えない不特定多数のために歌う場合はどうすればいいんだろう。

歌を聴いてくれる誰かを想定し、感情を純化して取り出し、それを表情に出すところを想像してみる。不思議な気持ちになる。それは演技ではないだろうか。私は、楽器であり、演奏者でもある。いい歌も、そうでない歌も、私自身の身体を震わせて奏《かな》でなければならない。悲しい歌を歌うたびに涙を流していては身がもたないだろう。

「ぱーんぱーかぱーぱん、ぱかぱかぱんぱんぱーん」

表彰式の歌を小声で歌いながら、バイトの男の子がビールを運んでいく。私の後ろを通り過ぎるとき、

「すごくよかったよ、さっきの歌」

といってくれた。

「ありがとう」

でも、表彰されるほどではないと思う。

よろこべや　たたえよや　シオンの娘　主の民よ

表彰式の歌として知られる讃美歌一三〇番を習ったのは中学校の頃だった。シオンの娘というのが市民を表しているとは知らず、シオンさんの娘という意味だと思っていたから同情した。誰

かの娘として認識されるのはつらいことだ。その誰かが偉大な人物であっても、後ろ指を指されるような誰かであったとしても。

もしかしたら私も、御木元響《みきもとひびき》の娘として一生を終えることになるのではないか。漠然とした不安に襲われた。母に対して気持ちが捻《ね》じれるようになったのはシオンの娘がきっかけだったかもしれない。

歌を歌いたい気持ちは強い。しかし、うまく歌える自信はやはりない。歌がみんなハッピーバースデイならいいのに。お誕生日おめでとう以外に、人に伝えたいことなどあるだろうか。わからない。何もないような気がする。もしもあったとしても、たかが私の伝えたいものなど、取るに足らないものではないか。人に届ける必要があるだろうか。そう考えるとわからなくなるのだ。私はどうして歌うんだろう。歌がうまいかどうかは何で決まるのだろう。

お嬢さーん、と呼ばれて振り返った。

「手が止まってるね」

Pだった。ホールから空いたお皿を下げてきたところだったらしい。

「すみません」

再び食器を洗いはじめた背後から、

「今日、バイト終わったらカラオケ行こうってことになってるんだけど、お嬢さんも行かない?」

思わず振り向いた。さっきもおかしな単語を聞いた気がしたのだ。

「お嬢さんって」

もしかして、御木元響のお嬢さんという意味だろうか。この頃は気にしないようにしているけれど、名前負けしているのは明らかだった。あの人と比べられたら打つ手がない。

いや、考えすぎか。私が御木元響の娘だとこの人が知っているわけがない。

「ああ」

Pは人なつっこい笑みを浮かべた。

「玲ちゃんて呼ばれるの嫌なんでしょ？　御木元さんてなんだかお嬢さんぽいからね、なんとなくみんなそう呼んでるんだよ。あ、嫌じゃないよね？」

嫌だった。私は自分の歌がお嬢さん芸であることが嫌だった。お嬢さんぽく見えてしまうことも嫌だった。でも、いえなかった。ただ曖昧《あいまい》にうなずいた。

「で、行く？　カラオケ」

小さく首を振った。

ほんとうは行きたかった。歌ったり笑ったりするPの近くにいたいと思った。恋ではなくても、なぜか惹《ひ》きつけられた。

でも、カラオケは歌えない。また「歌のうまい玲ちゃん」になるのが怖い。ほんとうはたいしてうまくないのだ、クラスでは七番手くらいでしかないのだ、と弁明したくなってしまいそうだった。われながら、うっとうしい。

うつむいた私を置いてホールへ戻りかけたPは、何を思ったか振り返った。そうして私の顔を覗き込むようにして、じゃあさー、といった。

「じゃあ、コーヒーと紅茶、どっちが好き？」

「え」

Pはにっこり笑った。

「千夏ちゃんの友達なら、まだ未成年なんだよね。お酒飲ませるわけにいかないし、ここ終わったらうまいコーヒー飲みに行かない？」

私はうなずいた。そういえば千夏は早生まれでまだ十九だけれど、どうしてそれを知っているのだろう。混乱していた。紅茶のほうが好きだとはいいそびれた。

「おいしいコーヒーの淹《い》れ方、教えてあげるよ」

Pが耳元でささやいた言葉の意味を、わからなかったふりをした。いろんなことが社会勉強で、それらはぜんぶ歌うことにつながっているのだと思いたかった。おいしいコーヒーの淹れ方をどこでどうやって教えてくれるつもりなのか、考えないことにした。

携帯に着信があって、確かめると、千夏だった。

——今夜、行っていい？

――だいじょうぶだよ。

そういえば、最近ちょっと会っていなかった。次の公演では役がつく、ひとりで歌う、とはりきっていた。きっと稽古《けいこ》が忙しかったのだろう。返信して一時間ほどで千夏は現れた。新しいCDを買ってから来たのだという。玄関で靴を脱ぎながらも気が逸《はや》る感じが見て取れた。

「もう聴いたよね？」

手渡されたビニル袋から中身を取り出すと、それは母の――御木元響の新譜だった。午後遅い時間に部屋に差し込む光だけで撮ったような、モノクロームに近いジャケット写真の中で、ヴァイオリンを持った御木元響がゆったりとほほえんでいた。

「いってくれれば、一枚くらいあげられたのに」

コートを脱ぎながら、千夏は首を振った。

「ううん、私、買いたいの。お店で買うときも、店員さんに必ず御木元響のCDどこですかって聞くようにしてるんだ。ほんとはどこにあるか知ってるんだけどね」

ユニットバスの隣についている小さい洗面台で、千夏は手を洗っている。それから念入りにうがいを始めた。喉の管理は大切な仕事だ。

お茶を淹れるためのお湯を沸かしながら、私はCDジャケットの中の母を思い浮かべていた。きれいだといわれることの多い母も、さすがに年をとった。それなのに、なんだろう、あの余裕。やさしい、深い笑み。

「いろんな人が、御木元響の名前を覚えてくれたらいいと思うんだ。それで、あの音楽を聴いたらいい。ぜったいみんないい気持ちになって、もっとやさしくなれて、やりたいことをやる気が出るんだから」

ベッドの脇にすわって、千夏はＣＤを手に取って眺めている。

「何十年か先に、こんなふうになれたらいいと思うんだ」

どこかに違和感があった。どうかしたんだろうか、千夏がいつもより少し饒舌《じょうぜつ》な気がした。

もっとも、千夏はいつも機嫌がよかった。劇団の稽古やバイトで疲れているだろうに、会えばいきいきと楽しそうに喋《しゃべ》った。常に親切で、どちらかといえば本来の私を買い被《かぶ》って、少し高いところに像を見ているんじゃないかと感じることもしばしばあった。

ふと思いついたというように、千夏が顔を上げた。

「どうして玲はバイトしてるの」

「働きたかったから。歌だけじゃない、いろんな場所を見てみたいから」

用意していた答を返した。私は、私のために用意したのだ。今は勉強するときではないのか、もっともっと歌うことのために時間も気持ちも使うべきではないのか。そう問いたくなる私のために。

するると、お茶をひとくち飲んでから千夏はいった。

「ずっと思ってたんだけど——」

やっぱり、と思った。ふと思いついたんじゃない。ずっと話そうと思っていたことがやっぱりあったのだ。

「――辞めたほうがいいと思う。玲がだいこん屋でバイトしてるのって、たたらを踏んでる感じがする」

「踏んでるんだ、たたら」

たたらと口に出したら、軽快な語感にちょっと笑ってしまった。ちっとも笑える話じゃなかったのに。たたらってどういう字を書くんだったかなと思う。

千夏は私の高校時代に初めてできた友達だった。以来、私に対して非難めいた言葉を口にしたことはない。だから、効いた。非難ではなく、忠告か。バイトは辞めたほうがいい、だろうか。ほんとうにそうだろうか。

私も千夏を悪く思ったことがなかった。千夏の忠告なら素直に聞いたほうがいいと思う。でも。忙しければ忙しいほど、千夏はここに泊まりに来るはずだった。しばらく来ていないのを、忙しいせいだと思おうとしていた私にも、やっぱり千夏を避ける気持ちがどこかにあったのだと思う。

「玲、夏休みにひとりであてもなく旅行してたでしょう。あれもおんなじ気がする」

どうしてバイトと旅行が同じなのかわからない。同じなら旅行のほうが楽しい。――いや、楽しくもないか。少なくとも夏休みのひとり旅は楽しくはなかった。何のために旅行に出たのかもわからないほど、ただ悶々《もんもん》と歩いて、ただただ悶々と帰ってきた。

「それから、Pも」

突然Pを持ち出されてどきりとした。そういうことを千夏はいわないと思っていた。

「目の前のものを見ないようにして他のことで気を紛らわすのって、本人がいちばんつらいと思うんだ。バイトも旅行もPも、たたらだよ、玲の。いつまでも踏んでたら一歩も動けないよ」

千夏はそういうと、ぱっと立ち上がった。

「ココアつくるね。すんごいおいしい淹れ方教わったんだ」

キッチンに向かう千夏に聞いた。声が震えそうだった。

「誰に教わったの」

ん、と千夏は背中で答えた。

「バイト先の喫茶店で。これを知ることができただけでもあのバイトに行ってた甲斐《かい》があるよ」

膝を折ってキッチンの小さな冷蔵庫を開け、中からバターと牛乳パックを取り出している。

「牛乳、ちょっと足りないかも」

買ってこようか、といいかけてやめる。

「じゃあ、ふたりで飲めばいいね」

そうだ、ふたりで飲めばいい。一杯のココア。Pが千夏につくり方を教えてあげたのだろう。

今まで気づかなかったのに、妙な確信があった。

「そのバイト、ずっと続いてるの？」

こちらの部屋から聞くと、千夏はやっぱりコンロの前から振り返らずに答えた。

「うん。でももう辞めた。きれいに辞めた」

千夏はコンロの上の小鍋《こなべ》をゆっくりとかき混ぜている。

どんな思いで、Pに惹かれる私を見ていたんだろう。最初にあの店に連れていってくれたのは千夏だった。あのときはもう「辞めた」後だったのか、それともまだ続いていたのだろうか。千夏の複雑な胸の内をちっとも思いやることができなかった。

旅行で見たアザラシも、バイトも、Pも、ひと続きだと思っていた。運命とまではいえなくても、経験すべき経験だったのだと。でも、無駄な経験もあるのかもしれない。しなくていい経験。するべきでなかった経験。それがいつか、形を変えて生きてくるのかもしれないし、後悔したまま終わるのかもしれない。

音楽だけが人生じゃない。私たちの人生はもっといろんなものを含んで、いろんなことを感じ取れるようにできている。そうは思う。でも、どこかで引っかかる。音楽はすべてではないが、一部でもない。人生にはいろいろなものが含まれているが、音楽はそれを覆っている。あるいは底を流れている。分かちがたく溶けている。

「これ、今、聴いていい？」

「いいよ」

振り返りもせずに千夏が答える。フィルムを破り、ケースから銀色の円盤を取り出す。コンポに吸わせると、やがて静かにヴァイオリンが鳴り出した。

なんという味わいのある音色だろう。ただ聴いているだけで、涙がこぼれた。

「これ、なんていう曲だっけ」

千夏がココアを運んできたとき、私は体育ずわりをして膝に顔を伏せていた。

「シオンの娘」

何の涙かわからなかった。私の歌の限界も、これから進む道の狭さも、みんなわかってしまったような気でいたけれど。こうやって深くなっていく音楽があるではないか。

「何十年か先に、こんなふうになれたらいいと思うんだ」

千夏はもう一度そういった。ほんとうだ。私が気づかなくちゃおかしかった。私は御木元玲。御木元響の娘だ。今のままじゃない。先がある。迷っても進んでいく。ここでたたらを踏んでいるわけにはいかない。

「千夏、何十年か経ったら、また一緒に歌おう」

私がいうと、

「光栄だよ」

千夏はうれしそうに笑った。

私たちはそのときどんな歌を歌っているのだろう。

II　スライダーズ・ミックス

図書館へ寄って調べものをしようかと校舎の脇を歩いているときだった。

向こうから来る男の人に目がいった。ジャケットを羽織《はお》った身体が華奢《きゃしゃ》だったからか、髪が肩につくほど長かったからか、もしかすると、肩に掛けている黒いケースがめずらしかったからかもしれない。

ここのキャンパスを歩くほとんどの学生たちは、学連の用事でもない限りジャケットなど着ない。髪もたいていは短くしているし、線の細い男などほぼ皆無だ。それに、肩のケース。テニスラケットじゃない。バドミントンのラケットでもない。剣道の竹刀《しない》じゃない。弓でもない。バスケットやバレーのボールでもない。アーチェリーよりは少し小さいだろうか。

肩のケースに気を取られていたせいで、立ち止まったその人がこちらを見ているのに気づくのが遅れたらしい。気づいたときには、目が合っていた。その人は、右肩を少し上げてケースを一度掛け直してから、ゆっくりとこちらへ近づいてきた。

「ホールってどこかな？」

見た目からは想像もつかない、雨みたいな声だと思った。でも、この辺に降る雨じゃない。草原に音もなく雨が降るシーンを映画で観た。その光景が、なぜか胸に広がった。私は振り返って、六角形の建物を指した。

「あそこです」

その人は私の指すほうを見て、

「ありがとう」

ほほえむというより、もっと邪気のない感じで笑った。二十代後半かと思ったけれど、もう少し若いのかもしれない。

「どういたしまして」

会釈してすれ違いながら、自分の口からどういたしましてなどという言葉がとっさに出てきたことに少し驚いた。私の声は雨とは似ても似つかなかった。

図書館はそこからすぐだった。運動生理学についての本を探した。課題のレポートを書かなくてはならない。

運動—骨格筋、運動—神経、運動—呼吸。

目次をぱらぱらとめくってみると、どの本にも運動と結びつけて学んでおくべき項目がいくつも出てくる。もう慣れてはいる。知識として吸い上げてレポートをまとめるだけだ。でも、調子のよくないときはつい考えてしまう。あの頃の私は何も知らなかったのだ、と。

中学のソフトボール部で無理をして肩を壊した。常勝とまで持ち上げられたピッチャーだった。身体の仕組みや動かし方をあの頃もう少しでも知っていたら、と思う。私の肩は無事だったんじゃないか。まだ投げられたんじゃないか。

考えても意味のないことだ。もちろん、知っていればよかったとは思う。肩は無事で、もしかしたら私はまだエースとして投げ続けていたかもしれない。だけど、それが何だろう。いつかは必ずエースではいられなくなる日が来る。早いか遅いか、たかだか何年かの差しかないのなら、大して変わりはなかった。その何年間に、輝くような人生の価値が詰まっていたとしても、失うときにより大きな衝撃を受けることになるだろう。むしろ、早く降りられてよかったのかもしれない。そう自分にいい聞かせながら、そんなはずがない、とも思っている。一年でも、一カ月でも、一日でも長く、私はエースとして投げ続けたかった。

そう考えて、頭を振る。こんなことを考えるのは、気が弱っている証拠だ。だいいち、知っていれば、は成り立たない。知らなかったのだ。今さら悔やんでもなんにもならない。

図書館の椅子に腰を下ろして運動生理学の本を開く。

ここでこの本を開き、知らなかったことに愕然《がくぜん》とした学生がどれほどいるだろう。この本を膝に載せたまま、これまでの競技人生を振り返らざるを得なかった学生も多いに違いない。そもそもこの講義を受けている学生は、かなりの確率で、輝いた「あの頃」を持っている学生ではないかと思う。私のように元・選手か、あるいは今も現役の選手で、でも訳あって次の道を探している学生たち。順風満帆《じゅんぷうまんぱん》の競技生活を送ってきた人など結局はほとんどいないのだ。そうでないなら、わざわざ裏方であるスポーツトレーナー養成用の講義を受けることもない。本来ならまだじゆうぶんに未来が残されているはずの年齢で。

「あの頃」が私を圧迫している。浸食し、蝕《むしば》んでいる。折り合いをつけたはずの過去なのに、何かにつけて思い出してしまう。もしもあの頃こうだったら、と想像することで、「あの頃」がことさらに強調されていく。あの頃の輝きは捏造《ねつぞう》されて増長し、あの頃以降の人生は影となる。

自分を憐《あわ》れみたくなかった。あえて大学の運動科学部に進んだ。スポーツを科学的な見地から分析し、運動選手とそれをサポートする人材を養成する学部だ。全身全霊をかけてきた競技で身体を壊し、その競技を憎むようにさえなる、かつての自分のような人間をひとりでも減らしたかった。ただし、将来性という意味では明るい見通しはない。どれだけ需要があるのか、職業としてやっていけるのか、確約のない分野に進ませてくれた両親には感謝している。母にいたっては合格のしらせを受けて泣いていた。泣くようなことじゃない。厳しいのはこれからだよ。そう思ったけど、心配をかけ続けてきた母の涙に、ぴりっと胸が痛んだ。

ただ、思うようにはいかなかった。熱くなれない。——子供じみた感覚だということはわかっている。だから人に話したこともない。でもどうしても私は自分が選手だった頃の、いつも身体の底にあった熱を忘れられないでいる。

スポーツは、いつも必ずはっきりと順位がつく。力の差が目の前に提示される。それが私には合っていた。人一倍、努力してきたと思う。努力が好きなわけではない。自分の身体の可能性を知りたかっただけだ。どうにもならないこともある、と身体は教えてくれた。

厳しい世界だと思う。でも、好きだった。そういう場所にいることを自覚して、切磋琢磨《せっさたくま》して生きている人たちのことが好きなはずだった。たとえ私自身はもうその順位付けから遠く離れた場所にいるとしてもだ。それなのに、熱くなれない。どうしても他人事に思えてしまう。

今のままこの学校にいていいんだろうか。ほんとうに誰かを手伝いたいとか助けたいとか願っているだろうか。競技から離れたくなくて、未練がましくしがみついているだけなんじゃないか。自分の果たせなかった夢を勝手に誰かに転嫁《てんか》して叶《かな》えようとしているんじゃないか。

考えると、気が滅入《めい》った。どれも「はい」だし、どれも「いいえ」だ。考えれば考えるほど、わからなくなってしまう。

「あ、早希《さき》」

奥の通路から現れた女子学生が小さく手を振っている。さっきまで同じ講義を受けていた美晴《みはる》だった。たしか、テニスでインターハイの上位入賞経験があると聞いた。長袖Tシャツに、いつものジャージではない細身のパンツをはいている。

「よかった、ここで会えて。ねえ、この後、時間ない？」

「どうして」

時間がないわけではなかった。でも、内容も聞かずに、ある、と答えられるほど美晴と親しいわけでもない。

「オケの定演なんだけど、今回ゲスト呼んでるから集まり悪いとまずいんだって。チケットあるから観に行ってくれないかな」

うちの大学のオケは評判がいいらしい。実際に聴いたことは一度もないけれど。

大学本部は都心にあって、普段は文化系のクラブやサークルはすべてそちらで活動している。当然、オケもだ。本部から私鉄で一時間半近くかかるこちらには広いグラウンドや各種競技場があり、学部もクラブも運動系ばかりだ。もちろん、うちの学部からオケに入る人もいない。私など、オケがオーケストラの略であることも、最近になって知ったくらいだ。それでもこちらにもちゃんと立派なホールがあるところを見ると、大学はよほどオケに力を入れているのだろう。大学の案内には、地域貢献の一環だとも謳《うた》われている。とはいえ、わざわざこちらで演奏会をやるなんて物好きだと思う。お客さんが集まらないのも当然だ。

「よかったら、どう?」

差し出されたチケットをとりあえず受け取って、曖昧にうなずいておく。この演奏会を聴きに行くために美晴はジャージを着替えたらしい。

たぶん行かない。クラシックを聴いて楽しかった記憶が一度もない。演奏がうまいかどうかもわからない。一緒に手渡されたチラシになにげなく目を落とすと、演奏会の曲目リストの中に妙な単語を見つけた。

「あたしもクラシックはさっぱりなんだけど」

小声で申告する美晴も、きっと誰かに頼まれてチケットを配っているのだろう。曲目について尋ねてもたぶんわからないと思う。

「わかった、行くよ」

請けあうと、美晴は顔の前で片手を立てた。

「ありがと。じゃあ、後でね」

美晴がいなくなってから、あらためてチラシの文字を見た。

スライダーズ・ミックス。

なんだろう。この、おかしなタイトルは。スライダーって、野球の球種のスライダーだろうか。だとしたら、どんな曲だろう。幼い頃からスライダーは憧れだった。ソフトボールでスライダーは至難の業だ。自分の腕から放られた白球が、ミットに届く直前にぎゅいんと曲がる様子を想像してはうっとりしていた。そういうときだけ、私の身体は熱くなる。

スライダーズ・ミックス。ホットケーキ・ミックスみたいに、混ぜればスライダーの素《もと》になるような何かだろうか。それとも、スピンをかけて落下するあのスライダーがいくつもミックスされたような曲なんだろうか。それなら誰だって手も足も出ないだろう。

携帯で時間を確かめる。開演まであまり時間がなかった。運動生理学の本を二冊借りる手続きをして、図書館を出る。チラシには他にこんなにカジュアルなタイトルはない。この曲だけ聴くことができればいいんだけれど。

スライダーズ・ミックスは私の胸にまっすぐ飛び込んできた。そこでギュルギュルッと高速で回転したかと思うと、すとんと下腹部へ落ちていった。たしかに、スライダーだった。

結局、私はスライダーズ・ミックスの後も全曲を聴き、終演を待って、あろうことか控室にまで押しかけようとしている。厚かましいのは承知の上だ。身体に生まれた熱のせいで、いてもたってもいられなかった。

ロビーに立っていた案内係をつかまえて尋ねると、団員たちはホールの上の大教室で楽器を片づけたり着替えたりしているはずだという。階段を二段飛ばしで駆け上がる。ドアを薄く開け、がやがやと賑やかな中にあの顔を探す。雨のような——ううん、それは声だ——まさかあんなスライダーを投げるとは思いもしない、穏やかそうな顔。

手前にいた長いスカートの女子学生に聞いてみる。

「久保塚《くぼづか》さんは」

チラシに小さく載っていた名前だ。彼女は私の靴先をちらっと見やってから視線を戻した。

「楽屋だと思うけど」

「あの、ここが楽屋じゃないんですか」

「ここは団員の楽屋。っていうか、楽器置場。ゲストをこんなところにお連れするわけにはいかないから。失礼でしょ」

スニーカーなんか履いてくるんじゃなかった。失礼でしょ、という彼女の言葉が何を指しているのか、よくはわからない。場違いな靴、服装。こんな恰好《かっこう》でゲストに会おうとする気軽さ。そもそも会おうとすること自体が失礼なのかもしれなかった。

「ごめんなさい」

どうしてこの人に謝るのかもわからなかったが、自分たちのゲストを軽く見られることに憤る気持ちはわかる。もしかすると久保塚さんというあの人は有名な演奏家なのかもしれない。

でも、しかたがない。遠慮して、この機会を逃すわけにはいかない。

「ロビーから舞台の裏手にまわる通路があるから。その先」

そこにゲストのための楽屋があるのだとわかるまでに少しかかった。

ありがとう、といい終わらないうちに私はロビーへと走った。階段脇から細くなっていく通路の奥に、楽屋へと続くドアがあった。

せめて花束か何かを持ってくればよかった、と楽屋のドアをノックしながら後悔した。服も、靴も、きっと私自身もここにはそぐわない。でも、しかたがない。ここに来るつもりじゃなかったんだもの。演奏会を聴いたのだって偶然だったのだ。まして、勝手に楽屋を訪ねることになるとはたった二時間前の自分でも思いもしなかった。あの曲に、あの演奏に、胸を揺さぶられてしまった。

ドアが開くと、もう熱気も収まって淡々とした空気の中で何人かが楽器を片づけていた。あの黒いケースもあった。あの人が肩から掛けていたケースだ。

「すみません、久保塚さん」

名前を呼びかけてみる。奥で金色の楽器を二つに分解していた人が驚いたように顔を上げた。客席から見上げていた顔と、さっき道を尋ねられたときの顔と、今のこの顔と、どれも違う人の顔みたいに思えた。

入っていっていいのかわからなかったけど、誰も特に気にしているようすもなかったから久保塚さんのそばまで近づいた。

「突然すみません、今日はお疲れさまでした」

いいたいことは決まっているのに、どういえば伝わるのかわからなくて、うまく言葉が出てこない。私にとって重要なことが、この人には取るに足らないことかもしれない、という怖れがむくむくと頭をもたげる。

「スライダーズ・ミックス、すごくよかったです」

勇気を振り絞ってそれだけいうと、久保塚さんはちょっと笑った。

「それはどうも」

笑うと左側の八重歯が覗いて子供っぽく見えた。

「こんなスライダーがあるんだ、ってびっくりしました」

スライダーズ・ミックスは軽快で楽しい曲だった。うちの大学のオケをバックに、四人のトロンボーン奏者が前でソロを吹く。久保塚さん以外はオケからふたり、オケの指導者からひとり。

四つのソロがやがて重なって、波のように響きあいながらホールに満ちていく。四重奏は素晴らしかった。だけど、久保塚さんのトロンボーンだけ、音色の鮮やかさがぜんぜん違ったのだ。ささやかれているようにも、笑いかけられているようにも聞こえた。呼ばれているように感じたとき、私は思わず胸の中で、はい！　と返事をしていた。まっすぐに、手を挙げて。そうしたら余計楽しくなって、もう、じっとしていられない気分だった。

「もっと緊張感のある、鋭い曲をイメージしていたんです。だから、新鮮で、おもしろくて、幅が広くて、なんだか自由だなあって思えました。聴けてほんとうによかったです」

「そう。それはよかった」

久保塚さんはうなずいてくれたけど、ちょっと怪訝そうでもあった。それはそうだろう。いきなり楽屋に押しかけてきて、新鮮だとか自由だとか好き勝手なことをいわれても、対応に困って当然だ。厚かましいことをしている自覚はあった。呼ばれている気がしたのは私だけだ。この人は私のことなど呼んでいない。よくわかっているのに、私はまだそこに突っ立っていた。まだ、いい足りない。ほんとうにいいたいことをいえていない。そう思う一方で、何もいいたいことなどないような気もする。私はただ、この人のそばを離れたくないだけなんじゃないか、と思う。そばにいて、あの音楽の秘密を知りたい。できればあの音楽をずっと聴いていたい。

彼は私の顔を覗き込むようにしていった。

「あのさ、もしかして、何か思い違いをしてるってことはないかな。どうしてトロンボーンなのに鋭いとかイメージしたの」

「トロンボーンの曲だって知らなかったんです」

「えっ、でもスライダーってトロンボーンにしかついてないよ」

「ええっ」

スライダーは球種じゃないのか。今度は久保塚さんはおもしろそうに私を見た。

「えっと、あの、スライダーって、トロンボーンのどこについてるんでしょうか」

苦し紛れに聞くと、

「こう左手で楽器を持って、右手でU字型の部分を操作するでしょう。あの部分のこと。スライドするからスライダー」

手真似でトロンボーンを吹く様子を再現してくれた。

「ほら、他の楽器じゃできないけど、トロンボーンはスライダーで音を滑らせていけるから、どんどん音をつなげていけるんだよ」

まるで小学生の鼓笛隊にでも教えているかのような口調で久保塚さんはいった。

「ところで、君が思ってたスライダーってどんなの？」

「いえ、いえ」

まさか野球のスライダーのような曲を期待して聴いたとはいえず、口ごもった。

「君って、さっきホールへの道を教えてくれた人だよね」

はい、とうなずくと、久保塚さんはにっこり笑って小声になった。

「じゃあ、今度はこの辺でお茶を飲めるお店を教えてくれるかな」

はい、とまたうなずくと、久保塚さんは楽器をしまい終えた黒いケースを肩に掛けた。

「君もつきあってくれるよね」

「えっ」

「スライダーズ・ミックスの話、もっと聞かせて」

そういうと、他の人たちににこやかに挨拶をし、私の背中を押しながら楽屋を出た。

「トロンボーンって、人間の声にいちばん近い楽器なんだよ」

大学の正門に向かって歩きながら久保塚さんがいったとき、ちょっとびっくりした。久保塚さんの声が雨に似ているから、よけい驚いたのかもしれない。人間の身体とは似ても似つかない金管楽器が人間の声にいちばん近い音を出せるなんて。

あの曲を聴いている最中、クラシックのことなどまったくわからない私にも、何かとてもいいものが響いてきた。手では触れない、耳から入ってくるだけでもない、身体ぜんたいを震わせるような、何かとてもいいもの。生きていることを肯定してくれるような、とても美しいもの。

胸が弾んだ。つられて身も心も弾み出し、私の中に力が漲《みなぎ》る感じがした。あれはトロンボーンの音色が人間の声に近いからだったんだろうか。

それもあるかもしれない。でも、人間の声に近くても遠くても、あまり関係はなかったような気もしている。私はただ、久保塚さんの奏でた音楽によろこびを感じただけだ。久しぶりに、熱くなった。ずっと冷めていた私の心も、身体も、熱くなってしまった。

ちょっと迷って、学生のあまり来なさそうな古い喫茶店に案内した。落ち着いていて、久保塚さんの声がちゃんと聞き取れるような店であればどこでもよかった。

「すごくよかったです」

席に着くなり、さっきと同じ台詞《せりふ》を私は繰り返した。久保塚さんは、トロンボーンってさ、といいかけてから、注文を取りに来た店員さんに気づき、

「君、何にする？」

メニューをゆっくりこちらに向けてくれた。

「僕は紅茶がいいな。あたたかい紅茶をひとつください」

何も考えずコーヒーを頼もうと思っていた私はあわてて便乗した。

「私も同じものを」

喫茶店で紅茶を頼む男の人なんて、初めて見たかもしれない。相手に合わせて注文を変える自分のことも、もしかしたら初めて見た。

「で、なんだっけ」

久保塚さんはあらためてこちらに向き直った。

「すごくよかったです」

三度目の台詞だったけれど、何度いってもいい足りないくらいだった。

「はは、ありがとう。トロンボーンって地味な楽器だから、面と向かってほめられることがほとんどなくてさ」

久保塚さんは照れくさそうに笑っている。冗談をいっているのか、そうではないのか、判断がつかなかった。

「地味なんですか？　とてもそうは見えませんでしたけど」

「地味だよ。トロンボーンはなかなか主役にはなれない。そのかわり、屋台骨としてオケを支えるんだ。今日の曲みたいにトロンボーンが派手な立ち回りをすることは滅多にないよ」

そういうと、左の頰にくっきりと笑窪が出た。

「スライダーズ・ミックスはトロンボーンのために書き下ろされた曲だからね。本来ならブラスでやる曲なんだ。今日はゲストの僕のために、特別にオケで演奏することになった。たまにはトロンボーンを主役に、ってことかな」

オーケストラに主役や脇役があるとは、今まで考えたことがなかった。だけど、いわれてみれば、目立つ楽器とそうでもない楽器がたしかにあるような気もする。だいたい、私は今までトロンボーンがどんな音を出すのかさえ、正確には知らなかった。トランペットなら、応援団でも吹かれるからわかる。ピアノやヴァイオリンももちろんわかる。そういう意味では、トロンボーンはメジャーではないのかもしれない。もったいない。せっかくあんなにいい音を出すのに、主役になれないことが多いなんて。

「いつも屋台骨役だなんて、癪《しゃく》じゃないですか。主役を張りたいと思ったりはしないんですか」

不躾《ぶしつけ》ないいぐさだったかもしれないけれど、私はそれくらい憤っていた。あんなにいい音を出しても脇役だなんて。

彼は一瞬、きょとんとして、それからひとつふたつ、小さくうなずいた。

「混同してるよ」

混同って、何を。そう聞こうとしたとき、ちょうど紅茶が運ばれてきた。

久保塚さんが紅茶に静かにミルクを落とす。長い指がスプーンを持ち、紅茶をくるくるかき混ぜる。なんて穏やかなんだろう。紅茶も、指も、声も。こういう人は、がむしゃらに主役を目指すなんてことはないのかもしれない。

「トロンボーンと、僕の人生」

久保塚さんは、紅茶から目を上げて私を見た。

「トロンボーンという楽器がオーケストラの主役にはなりにくいからといって、僕が僕の人生の主役でないわけではない」

静かな声だった。まるでほんとうの雨みたいに、その台詞は私の身体に染み込んできた。頭の中ではガランガランと鐘が鳴っていた。ガランガランと鳴らされて、夢から覚めたような感じだった。

混同、していたのか。

いつまでもエースにこだわってしまう私は、混同していたのか。エースでいたいと願うのなら、ソフトボールではなく、トレーナーとしてのエースをねらえばいいのではないか。

こんな簡単なことにどうして気づかなかったのか、不思議なくらいだった。

「名前、なんていうの？」

テーブル越しに久保塚さんが人懐っこく笑ってこちらを見ている。

「あ、中溝《なかみぞ》です。中溝早希」

「あの大学の学生？」

はい、とうなずいた。

「じゃあ、何かスポーツをやってるんだね」

「えっと、今はトレーナーを目指しています」

久保塚さんは笑顔のまま、紅茶をひとくち飲んだ。

「いってたよ、オケの団員たちが。こっちのキャンパスの学生は耳まで筋肉だから、せっかく定演やってもちゃんと聴いてくれないだろうって」

「そんなことは……」

あるだろうな、と思う。実際、客席を埋めた学生たちの中には、居眠りしているらしい姿がいくつも見えた。私だって、スライダーズ・ミックスじゃなかったら、久保塚さんじゃなかったら、同じ穴のムジナだ。

「あの、それじゃ、どうして私をお茶に誘ったんですか」

おずおずと聞くと、小さく笑いながら答えてくれた。

「興味があったから」

なんだろう、この居心地の悪さ。昔、エースピッチャーだった頃、たくさんの人が興味津々で私を見た。でも、今はピッチャーでもなければ、エースでもない。ただの、耳まで筋肉の、学生だ。そして、この人は、そもそもソフトボールになどまるで興味がなさそうだった。

久保塚さんは少し首を傾げるようにして考えていたけれど、小さな声で付け足した。

「ダイヤモンドみたいだったから」

何をいっているのかよくわからない。ダイヤモンドといえば、内野のことだ。まさかいきなりソフトボールの話を始めたわけではないだろう。

「ホールへの道を尋ねたとき、ダイヤモンドみたいに硬質な子だと思ったんだ。それなのに、楽屋を訪ねてきてくれた中溝さんは印象が変わってた。ちょっとびっくりするくらい」

「ああ！」

大きな声を出したので、久保塚さんが驚いた顔をしている。向こうのテーブルのおじさんが顔を上げてこちらを見ている。

「ダイヤモンドって、宝石のほうの」

「宝石じゃなかったら、他にどんなダイヤがあるんだっけ」

久保塚さんは笑った。

「宝石のダイヤモンドみたいに、え、硬いって、あたしが？」

聞くと、頰杖《ほおづえ》をつきながら笑っている。

「おもしろいなあ、中溝さんは」

「普通、ダイヤを硬いもののたとえに使いますか。ダイヤみたいに輝いてるとか、そういうふうに使うんじゃないかな」

抗議したら、あっさりうなずいた。

「楽屋に飛び込んできた中溝さんは、輝いて見えたよ。僕のトロンボーンを聴いて、ほんとうによろこんでくれてるのが伝わってきた。うれしかった。ありがとう」

無理しなくていいのに。輝いていないことは誰よりも私がいちばんよく知っている。私は輝かない。これからだって輝けるとは思えない。まだまだ燻《くすぶ》りながら生きていくんだろう。それでも、お礼をいいたい気分だ。

「こちらこそです。久保塚さんのトロンボーン、スライダーズ・ミックス、聴けてほんとうによかった。ありがとうございました」

「いえいえ、こちらこそです。ありがとうございました」

テーブルを挟んでふたりで頭を下げあった。

自分を知りたいんだ、と不意に思った。スポーツ選手として生きていこうとする人は、自分を知りたい人だと思う。自分の身体にはどれだけの可能性があるのか、まだ伸ばせる部分はどこにあるのか。そのための努力をどれくらいできるのか。もちろん、努力すればできる、なんて信じているわけではない。どんなにがんばってもできないこともある。それを知って、それでもあきらめずに、じゃあどうすればできるのか、どこまでならできるのか、冷徹に見極めるのも、自分のことを知りたいからだと思う。楽観も、悲観も、してもしょうがない。そのまま見る。私はそういう作業が好きだし、向いていると思う。アスリートとしてはもう可能性がないけれど、誰かの可能性を客観的に見つめる作業を手伝いたいと思う。

きっと久保塚さんも自分のことを知りたいと思っている人だ。自分のこと、人間のこと、その可能性。トロンボーンは人間の声に似ているといった。この人の声に惹かれた自分が、この人の音にも強く引き寄せられる理由。わかったような気がした。この人は確信犯だ。楽器でまで人間の声を追求している。自分自身を知りたいと切実に願っている。

「久保塚さんは自分のことを知りたいんですね」

しかし、彼は私の言葉をさらりと受け流した。

「トロンボーンを吹いているとね、自分のこととかどうでもよくなるんだ。誰の出した音でもいいし、混じってわからなくなってもいい。ただ全体でひとつの音楽になっていればいい」

よほど呆《ほう》けたような顔をしていたのだろう。久保塚さんはまた笑った。

「君がトレーナーを目指すのは自分のため？　自分のためかもしれないけど、自分だけのためでもないでしょう？」

それから、カバンからノートを取り出して、一枚破り、そこに自分の名前と携帯の番号とアドレスを書いて渡してくれた。

「君と話していると楽しい」

そうだろうか、私たちはこんなに違うのに。

「よかったら、また話そう。気が向いたら連絡してください」

そういって、テーブル越しに右手を差し出した。こんなところで、まさか握手か。握手と見せかけて別の何かか。躊躇《ちゅうちょ》したけれど、私も右手を出してみる。久保塚さんの手が私の手を握る。金管楽器を操るのだから冷たい手かなと思ったのに違った。あたたかくて、大きくて、思いがけず私は動揺している。


ひかりは変わっていなかった。待ちあわせの店のガラス越しに姿が見えたとき、高校生の頃のひかりがそのまま現れたかと思ったほどだ。聡明《そうめい》そうな顔がこちらを見、私に気づいて笑顔になる。それだけで、店の中がぱっと明るくなったような感じがした。まぶしくて、気後《おく》れしそうだった。

「久しぶり」

ひよこ色のワンピースのひかりが向かいの席にふわりとすわる。こんな色の服を着ているのをそういえば初めて見た。長く伸ばした髪も緩やかにカールされている。以前と変わらないひかりだと思ったけれど、よく見ると少しずつ変わっているのかもしれない。

「どうしてた?」

コーヒーか紅茶をそれぞれ頼んで、予定の時間まで他愛《たわい》ないおしゃべりをする。少なくとも私はそのつもりだった。

「元気だったよ」

「うん、私も」

久保塚さんの話をしようか、とちらっと思ったのだ。ときどき会うようになったトロンボーン奏者のことを。でも、実際に話しはじめたのはぜんぜん別のことだった。

久保塚さんの顔を一瞬思い浮かべたからなのかもしれない。久保塚さんには話せないこと。気づいたはずのことも、すっかりわかったつもりでいたことも、すぐにあやふやになる。心許なくなって、新しい場面でその都度迷っている。

「今、トレーナーの実習で、附属高校のソフトボール部を見てるんだ」

他愛のないおしゃべりのはずが、いきなり踏み出していた。

「そう。早希に見てもらえる子たちはラッキーだね」

ひかりは素直に声を弾ませた。そこでやめればよかったのだ。それなのに、やめられなかった。

「こういうことをいうとほんとに小さい人間みたいで嫌なんだけど」

切り出すと、ひかりは手に持っていたコーヒーカップをソーサーに戻し、穏やかにこちらを見た。

「どの子も同じようにサポートしなきゃいけないのはわかってるのに、なかなかそうはできないんだ」

「うん」

「強い子ばっかり見てる。弱い子は——昔の自分より弱い子は、どこをどうサポートしていいかわからないんだ。少なくとも、強くなりたいって思ってくれないと、何のために私がサポートするのかわからなくなる」

「うん」

ひかりはうなずいてコーヒーに口をつけた。私はなおも続けた。

「そんなのおかしいと思うんだ。強くたって弱くたってかまわない。むしろ弱い子こそよく見てあげなきゃ。そう思うんだけど、やっぱりどうしても、ううん、誤解されたくないんだけど」

「早希、前置きが長いのは自信がない証拠」

笑顔で指摘されてしまった。

「長かったかな」

「うん。早希らしくなかった。誤解されないように、予防線張ってる感じ。私にくらいそのまま話してよ。わからなかったら、聞き直すから」

半年近く会っていなかったのに、さらりと「私にくらい」といえるひかりは、きっとほんとうにそう思ってくれているのだろう。

「強くなろうとしてる人の手伝いならいくらでもする。だけど、適当にやってる人に手伝えることなんてなんにもないよ」

「うん」

「もしかして、トレーナーの仕事はあんまり強くない人のほうが向いてるんじゃないかって思いはじめてる。ちゃんと人の痛みがわかるような」

そう話しながら、たしかに言い訳がましいと自分でも思っている。何いってるんだ、強くたって人の痛みのわかる人はいる。だいたい私は強くないから、だから現役を続けられなくて転向したんじゃないか。

「どうせトレーナーをするなら、トレーナーとしての技術が生かせるような選手のトレーナーになりたい。あたしは、強くない人のために自分が働くことを理不尽だと思っているんだと思う」

ひかりは笑いもせずに聞いていた。

「ごめん」

謝ったのは私だ。嫌な話をしていることはよくわかっていた。でも、聞いてほしかった。懐かしいクラス委員の顔を見たら止められなくなってしまった。それは違うよ、といってほしかったのかもしれない。頭ではわかっている。トレーナーとしてのエースというのは、エース選手の専属トレーナーになることではない。そうでしょう、久保塚さん。穏やかそうな顔を思い出す。それは、学生オケのゲストに呼ばれてトロンボーンを吹くだけで、門外漢の私みたいな人間までよろこばせてしまう、オケの屋台骨になるってことに似ているんじゃないか。いろんな選手が少しでも長く、調子よく、競技を楽しめるように手助けするのがトレーナーの仕事だ。表舞台には立たなくても、それがトレーナーとしてのエースだろうし、どんな選手をサポートしようが、私が私の人生の主人公であることに変わりはない。

「早希より強い子なんてそうそういないからなあ」

ひかりはそういって笑った。それから視線をテーブルの上に落とし、ため息みたいな声を出した。

「私もね、実習に行ったのよ、保育園に」

ちょっと唐突にも聞こえたけれど、黙ってうなずいた。

「もうそんな時期なんだ。で、どうだったの」

「うーん、それがねぇ」

ひかりは力なく微笑んだ。

「私も早希とまったくおんなじこと考えてたよ」

その笑顔を思わず見つめてしまう。何をいってるんだろう。まったくおんなじこと？　ひかりが？

「朝、保育園の玄関で赤ちゃんや子供たちを預かるでしょう。そのときに、どうしても意識しちゃうのよ。その子たちのおかあさんのことを。おかあさんがどんな仕事をしているかを」

よくわからなかった。しっかりしていていつも明るかったひかりが、こんな疲れたような顔で何をいおうとしているのか。

「私は赤ちゃんも子供たちも大好き。保育士になったら私がしっかり見てるから、おかあさんたちもがんばってきてください、って笑顔で送り出すつもりだったの」

「うん」

「それなのにね。相手も、こっちをあんまり信用してないんじゃないかって。子供を持ったこともない若い保育士に何がわかるって思われてる気がして」

「それは」

言葉を無理に挟み込んだ。相手も、といったのだ。きっとこの後に、私も、と続く。どこかで止めてあげないと、ひかりがひかりらしくない方向へ屈折してしまいそうだった。

「それは考えすぎだって。保育士だって最初はみんな新人なんだから、おかあさんたちだってそれくらいわかってるよ。ひかりは優秀だからだいじょうぶ」

「ううん」

ひかりはうつむき加減の顔を横に振った。

「自分でいうのもなんだけど――あ、やだ、私も前置きしてる――小さい頃から優秀だっていわれてきて、でもそこが私のいちばんの弱点だったんだよね」

淡々と口にするのを聞いて、私は観念した。ひかりも話したがっている。どんなにひかりらしくなくても、それを聞くのが私の役目だろう。

「自分の子供を産んでないどころか、結婚もしてなくて、赤ちゃん預かりますっていったって信用されなくて当たり前なんだよね。だから、私が信用されないのはしかたないと思うの。でもね、問題なのは私もおかあさんを信用してないところ。きちんと働いてるおかあさんの赤ちゃんを預かるのはいいけど、私よりも働きのよくないような人がだらだら働くために子供を預かるなんて本末転倒じゃないか、って心のどこかで思っちゃうんだ。もちろん頭ではそれがおかしいってことはよくわかってるの。だって預かるのが私の仕事なんだから。実際はもちろんどの赤ちゃんもどの子供も平等だよ。どの子もかわいい。それはほんとう。だけど、なんだかもやもやする気持ちは、どうしても残るんだ」

それが、優秀だといわれ続けてきたことの弊害なのか。私はひかりのように優秀ではないけれど、もしかすると似ているのかもしれない。どうして自分が、と思っている。仕事であろうと、がんばらない人をサポートすることに違和感を持っている。

がんばれ、といわれて育った。ぎりぎりまでがんばれ。

努力もしないうちから自分には何もできないと思っている人のことをなまぬるいと思ってしま

う。何もできなくてもそれでいいと思っていて、いざというときには誰かが助けてくれると思っていて。その白砂糖みたいな甘さに身震いが出る。そういう人たちの引っかかりのなさが不気味だった。かっこいいとか、きれいだとか、できるとか、速いとか、うまいとか、いろんなほめ言葉を口にするときに、どこにも引っかからないらしい。その称賛を受ける人は、それだけのことを積み重ねてきている。悔しいとは思わないのだろうか。自分にはできなかったことを、誰かはやってのけた。その結果だけを簡単にほめることができるのは、素直だからなのだろうか。屈託のないほめ言葉を聞くと、無神経な手で首筋を撫《な》でられるような心地がした。

この手に負えない自尊心はどこから来るのだろう。自分も駄目なくせに、がんばれない人を見下す。自分の駄目さを受け入れられず、自分の中にあるかもしれないわずかな可能性をなんとか引き出そうとして、往生際悪くじたばたして、そこでまた軋轢《あつれき》を生んで。冷たいとか傲慢《ごうまん》だとか陰口をいわれても、否定はしない。しかたのないことだ。きっとほんとうにそうなんだろうと思うから。

でも、目の前のひかりは違うと思っていた。だって、ひかりはいつもやさしい。頭がよくて、気配りができて、誰からも信頼される人だった。

少し、気まずかった。でも、気まずさの底にびりびりと流れるものがある。ひかりでも同じような気持ちになることがあるんだ。それもこんな、自意識を持て余したようなみっともない気持ちに。それを話してくれたことがうれしかった。人前で愚痴《ぐち》をこぼすところなど見たこともなかったのだ。どうすればいいかはわからないけど、格闘し続けようと思う。もう少しこの気持ちと格闘していよう。

だけど、私の口から出たのはどうしようもなく凡庸な、毒にも薬にもならない台詞だった。

「いろいろあるよね」

ばかだと思う。もっと気の利いたことを、せめてもっと誠実な言葉をいいたかった。ひかりはあきらめたのか、それとも最初から期待していなかったのか、小さく笑ってうなずいた。

「うん。いろいろあるね」

それから、いつもの明るい声に戻って、

「さ、そろそろ行こうか」

これから、この近くの劇場で小さな劇団のミュージカル公演があるのだ。そこに、同級生だった原千夏が出演している。これまでも何度か案内をもらって観にきているけれど、アンサンブルというのだったか、たいがい舞台の後ろで踊っている一団の中にいた。でも、今回ははがきに「ひとりで歌わせてもらってます」と千夏の字で走り書きされていた。

案内をもらわなければ、劇団の公演など縁がなかった。何度か観た今だって、ほんとうのところ、ミュージカルには抵抗があるのだ。役者たちのお芝居も大げさ気味だし、台詞の続きで突然歌い出されたりすると観ているこちらが気恥ずかしい。

「千夏の歌、楽しみだね」

込んだ狭い入り口でチケットを切ってもらいながらひかりが振り向いた。すっかりいつもの笑顔に戻っていて、さっきの話が嘘みたいだ。私はひとり置いていかれたような気分だった。

舞台は間もなく開演した。第二次世界大戦中の沖縄を題材にしたミュージカルだった。主演の女優が素晴らしかった。裏も表も金ぴかにコーティングされているような声。どこまでも届くような、ずっと伸びていくような声。

ああ、こういう人がやっぱり主役なんだな、と思う。私はまったくの素人だけど、この主役の人の声と顔と、それから立ち姿の存在感には納得させられる。

後ろで踊っている中に千夏がいる。相変わらず切りっぱなしの黒髪が跳ね、小柄な身体が弾む。うんうん、がんばっている。千夏、よくがんばっている。

ほほえましく見守っていられたのは、しかし序盤のうちだけだ。千夏は端役ではあったけれど、ときどき独唱するシーンがあった。だんだん、千夏が登場するだけで呼吸の波が変わるようになった。心臓は早鐘を打っているのに、呼吸は深くなっていく。千夏の動きをよく見よう、千夏の歌をよく聴こう。そんな思いに身体が勝手に反応しているらしい。

私だけではない。右隣にすわるひかりがずっと息を詰めているのがわかる。会場全体が千夏の一挙手一投足を息を呑《の》んで見つめているようにも感じられた。

クライマックスの前に、千夏は死んだ。歌っている途中で銃弾に倒れる役だった。役だと理解できたのは後になってからだ。えっ、と思った瞬間、まだ驚いていることも自覚できないうちに全身にざーっと鳥肌が立っていった。身体の芯が震えた。死ぬな、と叫びたかった。死ぬな。生きろ、千夏。もう一度生きて、歌うんだ。

圧巻だった。千夏は、すごい。千夏の歌は、すごい。何がどうすごいのか、自分でもわからない。歌もお芝居も善し悪しなどわからない私にさえ、千夏が特別に輝く役者であることははっきりわかった。

どうして、あの子が、いつのまに。――よかった、という思いと、地鳴りのように繰り返し響いてくる波。すごい、すごい、すごい。千夏への称賛とはまた別の何か、千夏の声と身体を通して現れた何かに対して、ただただすごいと思った。

幕が下りても、しばらく動けなかった。ひかりの顔を見ることができない。何もいわなくても、隣にいるだけでじんじん波動が伝わってきた。客席の人の波がようやく引いてきたところで席を立ち、普段は顔を出す楽屋へも寄らず、ひとことも口をきかずに劇場の外へ出た。外はまだ明るかった。

ひかりも私を見ない。きっと同じ気持ちでいる。もしも口を開いたとしても、千夏はすごかったといいあうことしかできなかっただろう。

駅までの道をふたりで黙って歩いた。さっき待ちあわせをした店はまだにぎわっていたけれど、前を通ってももう別の店みたいに見えた。さっきまでの私とは違う私。ここで愚痴をこぼした私たちとはもう別の私たち。

駅で別れるとき、一瞬、ひかりと目が合った。ひかりの目はまだ真っ赤だった。

「スライダーズ・ミックスっていう曲があってね」

思わず口走っていた。

「スライダーって球、わかるよね？　突然上下左右に大きくカーブする決め球だよ。でもね、それ一球じゃだめなの。ストライクに入らないことも多いから。必ず他の球に交ぜて使うの」

何をいいたいのか、自分でもわからなかった。いいながら発見する感じだった。

「私たちはそれぞれ一球だけスライダーを持ってるんだ」

それを、千夏が教えてくれた。

「それでね、その球を合わせるの。そうしたらすごくいい試合ができる。ストレートやカーブやシュートや、いろんな球に交ぜてスライダーを投げて乗り切るの。千夏のスライダーはすごかったね」

ひかりがうなずいている。

「ひかりのスライダーもきっとすごいよ」

「早希のもね」

やっと、ひかりが笑ってくれた。スライダーを磨こう。そう口にはできなかったけれど、口にするよりもっと強く胸に刻む。いつか私の、私たちのスライダーズ・ミックスのために。

Ⅲ　バームクーヘン、ふたたび

出席にマルをつけて返信したけれど、まったくバツだったと思う。

往復葉書の半分、手元に残った往信を恨みがましく眺めている。よりによって、なんで今、こんなときにクラス会なんだろう。卒業してちょうど丸二年が経つ。四月から大学三年生になる。目の前のことに忙殺されて、いつも手いっぱいだ。思い出を語りあったり、懐かしんだりする時期ではまだない。会いたい人と会う。会いたくない人とまで会っている暇はない。みんな、そうじゃないだろうか。もしかして、みんなは暇なんだろうか。

そう思ったら、不覚にも笑ってしまった。笑える心境じゃなかったはずなのに。みんな、と思った瞬間にみんなの顔がぱぱぱっと浮かんできたのだ。みんな元気にしてるかな。してるだろうな。暇なんだろうかと思うそばから、暇なわけないよなあと覆《くつがえ》している。暇なわけがない。——けれど、何が忙しいのか、何にこんなに焦っているのか、考えるとよくわからない。ただ、いつも落ち着かない慌ただしい気持ちでいる。

あの頃はよかったなどと陳腐なことを考えそうになって、すぐに打ち消す。そんなわけがない。みんなと一緒に女子高生だったあの頃なんて、毎日気を張って大変だった。なんであんなに大変だったのか今となっては首を傾げたくなるくらいだ。もっとのんきに過ごせばよかった。どんどんのんきじゃいられなくなるんだから、あの頃くらいのんきに笑っていればよかった。

葉書を机の上に戻す。あの頃といわずとも、クラス会の返信葉書にマルをつけた、ほんの数週間前の自分でさえも、まったくのまぬけに思えてくる。この一週間で、ぱたぱたぱたっとカードが倒れた。後生大事に握っていたトランプのカード、それが全部ハズレだった。嬉々《きき》としてゲームに参加していたつもりの自分が、今では遠い昔の別人のようだ。

バツをつけるべきだった。葉書の返事にも、マルをつけた自分にも。なんにも憂えていなかった。うらやましい。あのときの自分がうらやましくて、かわいらしくて、憎らしくて、不甲斐《ふがい》なくて、悔しくて、不憫《ふびん》だ。

体調が悪いからと断って欠席してしまえばいいか。クラス会ならまたそのうちに開かれるだろう。そのときにはきっと今よりましなはずだ。マルにはなっていなくてもバツではないと思いたい。いろんなバツをなかったことにして、三角か楕円《だえん》くらいにしていたい。そうしたら私は、もう一度生まれ変わった気分でカードを切り直すのだ。

机の前で何をするでもなく、ただ両手を組み合わせて椅子にすわっている。考えているようで考えていない。ぼんやりしていたくてもほんとうにぼんやりとはしていられない。何かに集中もできないし、動き出すこともできない。ただ感情が固まって、重くなって、身体の中を沈んでいく。

息苦しくて、椅子から立ち上がる。狭い部屋の中をふらふら歩きまわり、ベッドに腰を下ろし、そのまま仰向《あおむ》けに寝転がる。


クラス会に行くつもりはもうなかった。私の中ではっきりとバツがついた案件のはずだった。でも、考えてみれば、バツに対して何か行動を起こしたわけではなかった。つまり、行く気がなくなっただけで、欠席の連絡を入れていなかった。

――あやちゃんにお餞別《せんべつ》を贈りたいので、賛同してくれる人はクラス会当日三百円余分に持ってきてください。

そんな趣旨の一斉メールが来たのは、クラス会の前日だった。

お餞別？　あやちゃんに？　どうして？

あやちゃん――東条《とうじょう》あやという子は、どちらかというと目立たない感じの、でも笑顔のとてもやさしい子だった。高校二年までは仲よくしていたけれど、三年でクラスが分かれて、部活も委員会も進路も違ったからなんとなく疎遠になってしまった。お餞別ということは、どこかへ行くんだろうか。海外へ留学？　あのおとなしくてかわいらしかったあやちゃんが？

そう考えてから、あれ？　と思う。三年でクラスは別だった。ということは、このクラス会はあやちゃんが一緒だったときのクラスのものなのか。葉書で幹事の名前を確認する。佐々木ひかり。思わず笑ってしまった。まったくひかりはいつもこういうときに役を買って出るんだよなあ。出しゃばるわけじゃないんだけど、みんなが一歩引くところでも動じないから結局はいろんなことを引き受けることになる。相変わらずだなあ。

そのひかりとも、二年のときに同じクラスで、三年のときは違ったはずだ。しょっちゅう見かけたような気がするのは、選択授業か何かが一緒だったんだったか。ああ、もうよく思い出せない。ともかく、あやちゃんのことを聞こう。卒業して、既にみんながばらばらなのだから、もしもあやちゃんが外国へ留学するのだとしても本来ならお餞別を渡すのも変な気がする。

それにしても、あやちゃんはどうしたんだろう。留学だとしてもアメリカっぽい雰囲気のない子だ。英語圏ならイギリスだろうか。イタリアよりはフランスな気がするし、せっかくフランス語ならベルギーなんか似合ってる気がする。

勝手にそんなことを考えているうちに、顔が見たくなっていた。あやちゃん。ひかりの顔もだ。里絵子《りえこ》、史香《ふみか》、早希。それに、千夏。玲。やっぱり明日は出席しようか、とひとりの部屋で天井を見上げて思った。


駅の洗面所に寄って、髪と口紅を直す。高校の最寄り駅に近いターミナル駅だ。この駅で降りるのも卒業以来だった。普段は髪型なんかあんまり気にしないほうだけど、今日はやっぱりちょっと気合が入っているかもしれない。久しぶりに会う友人、しかも同じ歳《とし》で、同じ時を過ごし、同じような場所に立っているだろう友人たちに、今の自分はどう見えるだろう。緊張もするし、そんな必要はないとも思う。かっこつけたってしょうがない。みっともないところもたくさん見られてきた仲間だ。

あ、今、仲間だなんて思ってた。今日の私はちょっと変だ。ただ同じ教室にいたというだけなのに仲間だなんて、もしかしたら私は少し過去を盛ろうとしているのかもしれない。特別なことは何もなかったあの頃を、いろいろあったことに塗り替えたいのかもしれない。

表通りに面してガラス張りになっている店の前に立ち、それとなく中を覗いてみる。イタリアンらしい名前の、女の子の好きそうなお店だ。もうみんな来ているだろうか。誰かを誘って一緒に来ようと思わなかったくらいには、私はひとりだったんだな、と思う。あの頃も、今も。それは、塗り替えようのない事実だ。

ドアを開けた瞬間、おおー、と声が上がった。どこかの席がもう盛り上がってるみたいだ。こんな早い時間から気の早い人たちがいるものだ。

「佐々木さんの名前で予約が入っているかと思うんですが」

店員に告げると、満面の笑みで通された。

「2Bの方ですね。お待ちしてました、一名様ごあんなーい」

そうか、そうだ、2Bだったっけ。ひかりってば2Bのクラス会だって書いてなかったよ。あの子はしっかりしているのにどこか抜けてるんだから。

案内されるまでもなく、店を入った正面奥の大きなテーブルを囲んで懐かしい顔が並んでいるのが見えた。一番手前の席で里絵子が手招きしている。

「久しぶりー」

「ほんと久しぶりー」

「佳子《かこ》ったらすましちゃって、ぜんぜんこっち見ないんだからー」

次々に声がかかる。さっきの「おおー」は、私が店に入ってきたのを見たこのテーブルから上がったものだったらしい。気恥ずかしさと、うれしさが入り混じる。ひかりに会費を払いながら、今日はありがとう、といったら、ううん、とにっこりほほえんだ。

「いつでも会えるって思って、一度も集まらなかったからね」

ひかりの脇から希美《のぞみ》が口を挟んだ。

「二年ぶりに会うなんて信じられない感じだよね。ぜんぜん違和感ないよ」

「うん、あやちゃんのこともあるし、ともかく一度みんなで会おうってことになったんだよね」

「けっこう出席率高いよ。最終的に二十二人出席かな」

話している向こうで、おおー、とまた声が上がる。いらっしゃいませー、と店員が大きな声で迎える。

「あ、史香だよ、変わんないねー」

「ちょっとやせたんじゃない？」

振り向くと、ちょうど史香が店の入り口から案内されてこちらに歩いてくるところだった。たしかに、ほっそりときれいになっている。こちらから見られているとは知らずに、ちょっとすましているようにも見える。向こうからこちらはわからないのだ。まさか入り口が丸見えの席にみんなが待ちかまえているなんて。

緊張することはなかったのだ、と思った。一瞬にしてあの頃に戻れる。こうして、普通に話して、普通に笑って、ひとときを共有できたら、それがまたこれからにつながっていく。楽しくて、少しさびしい。ちゃんとわかっている。気持ちはあの頃に戻っても、身体はここにある。この子たちとはもう現在ではない。

乾杯もそこそこに、近況をひとことずつ、といわれて困った。私だけではなさそうだ。みんな困っている。どこからどこまでが近況なのか、しかもひとことでなんて、ずいぶん限られる。

「えー、今さらいいじゃない、お互い知らない相手じゃないんだから堅いことなしにしようよ」

反対の声が上がったのを、幹事のひかりがやんわりと制する。

「堅く考えなくていいのよ、この二年どうしてたか簡単に話してくれれば」

その簡単が難しいんじゃない。そう思ったけど、むきになることもない。この二年を簡単に説明することなんてできるわけがないのだ。当たり障りなく話せばいい。みんなだって、そんなたいそうなことを話すわけがないだろう。

「はーい、じゃあ、そっちの端からねー」

指されて目を丸くしてるのは千夏だ。遅れてついさっき滑り込んできたところだった。

「あ、えっと」

律義に席から立ち上がった。いいよすわったままで、といわれてすわり直す。千夏の前にビールのグラスがあるのがなんだか変な感じだ。

「原千夏です」

「それは知ってるって」

明るい笑いが起きる。ぼけてるんじゃなくて、あれでまじめなんだからなあ。そう思ったとき、

「こないだ、またオーディションに落ちました」

千夏の言葉に、場の気圧がぎゅっと上がった気がした。

「何？　何のオーディション？」

「映画？」

「ヒロイン？」

次々に質問が飛ぶのに笑って首を振っている。

「ミュージカル。なかなか、役はつかないです。以上」

以上、じゃない。いきなりそんな近況報告されたら困る。見ると、千夏はいい終えてほっとしたのか、グラスのビールを飲んでいた。千夏も大人になるんだなぁ、という感慨はわれながらおかしいとは思う。ビール。そして、オーディション。千夏がビールを飲んだり、ミュージカルのオーディションを受けたりしている世界って、私がいることとほんとうに地続きなんだろうか、と思う。私もビールを飲みながら。

「ちょっとちょっと、千夏って、タレント目指してるの？」

「タレントっていうよりは役者みたいよ。ミュージカルっていうのは初めて聞いた」

テーブルのどこかから小声が聞こえる。

「まあかわいいけどさ、特に美人ってわけでもないし、小さいし、ねえ」

声の主を確かめるのはよそうと思った。つまらない。ちょっとめずらしいことをしようとしている人には、どこにいたって誰かが何かをいいたがる。だけど、せめて元の同級生くらい何もいわずに見守ってあげてもいいと思う。

懸賞論文？　とささやく声が聞こえてきたのは、大学の学食でだった。少し離れた席に、学科の同級生たちがいるのは知っていた。しっ、と諫《いさ》める声がして、それきり続きは聞こえなかったのだけど、あれは明らかに私に対する誹《そし》りだったと思う。知的なのは英米文学科、華やかなのは仏文学科、対して日本文学科は女子大でもないのにほとんど女子ばかりの地味な学科だ。良くも悪くものんびりした学科で、派手にサボるような人もいないけれど、本気で勉強したがっている人もいるようには見えなかった。日本文学を研究したところで就職にプラスになるものでもない。しかも専攻が現代文学でさえなく、古典。必修でもないのに伊勢物語で論文を書いて学内の懸賞に応募した私はやっぱり悪目立ちしてしまったのだろう。

「じゃ、次、あやちゃん、だいじょうぶ？」

ひかりの声で我に返る。いつだって我になんて返りたくないけど、今この場に限っては現実に戻ったほうが心穏やかでいられそうだった。

そういえば、あやちゃんにお餞別を贈るという話を確かめたかった。同じ並びにいるので顔が見えない。テーブルに身を乗り出して、少し不自然な形であやちゃんの白い顔を見た。

「私はこの春短大を卒業しました。眼鏡をつくる会社に就職が決まっています」

おめでとう、と合いの手が入る。ありがとう、とおっとり受けとめ、

「それで、ここを離れることになりました」

あやちゃんは北陸の町の名前をいった。もうすぐそこへ引っ越すのだ、と。たしかに、遠いといえば遠い。あまり縁のない町の名前だともいえる。でも、想像していた外国への留学とは違うし、会おうと思えばまた会える距離だと思った。ほっとしたような、肩透かしを食ったような気分だった。

「今まで、ほんとうにありがとうございました」

そういって、あやちゃんは丁寧に頭を下げた。

「やだ、あやちゃん、何いってるの。また会えるよ。これからもよろしくだよ」

里絵子が笑ってあやちゃんの肩をつついている。

「そうだね」

でも、答えたあやちゃんの目からぽろっと涙が落ちて、私たちは言葉をなくしてしまった。どうしたんだ、あやちゃん。だいじょうぶか。泣くほどいやなんだろうか。就職に失敗して、行き

たくもない町へ行くということなのか。

静かになったテーブルで、あやちゃんは顔を上げた。

「ごめん。びっくりさせて。泣くつもりなかったのに。あははは」

あはは。とりあえずみんな笑った。あやちゃんに合わせて。あやちゃんの無理をかばうように。

「でもね、たぶん、しばらく会えないんだ。帰ってこられないと思うから」

あやちゃんがいった。

「なんでそんなこというの。いつでも帰れるでしょ。日帰りだってできる距離じゃない」

そうなのか。日帰りができるかどうか、私にはわからなかった。だけど、帰ってこられないなんて何かわけでもあるみたいないい方だと思った。

「ううん、帰ってこられないんじゃなくて」

あやちゃんがいい淀《よど》んだせいで、次に来る言葉がなんとなくわかってしまった。

「――帰ってこないつもりなんだ」

それで、みんな黙ってしまった。誰だ、近況報告なんていい出したのは。

あやちゃんはどんな決意で近況を話しているのか。そもそもどんな決意を持ってこの近況を選択したのか。何もわからなかった。わかったのは、この町を離れ、私たちともう会わないことも覚悟の上で、何かをしようとしているということだけだ。

「よかったら、遊びに来てね」

あやちゃんは明るい声でいった。私たちみんなをここへ置いていく、きっぱりした声だった。

こんな近況報告ばっかりが続いたらどうしよう。受けとめきれなくて取りこぼしてしまいそうだった。取り立てて報告することのない人間は肩身が狭い。オーディションも受けていないし、生まれ育った町を離れることもない、ただ二十歳《はたち》を持て余しているだけの私のような人間は。

次は誰のどんな近況だ、と身構えていたら、次はひかりだった。

「私はいいよ、特に話すことないし、つまんないもん」

「こらこら、自分が提案しておいて何をいう」

希美や香奈《かな》がからかって、ようやくひかりはうなずいた。

「保育士になろうと思って短大に通っていたんですが、学びたいことが増えすぎちゃって、四月から四大に移って勉強し直すことにしました」

「ひゃー、ひかりらしいわ」

「がんばれ、クラス委員」

拍手が起きて、ひかりはえへへと頭を下げた。

それからも、近況は続いた。会わなかった期間は最長でも二年なのに、みんな、なんでもなさそうで、なんだかいろんなことが起きている。起こしている、のかもしれない。

「次、誰。まだの人」

「あ」

手を挙げたのは玲だった。

御木元玲。歌う人。無口で、めったに笑わない。たいていはひとりでいる。でも、さびしい印象はない。逆に、りんりんと個性を放っている。この人は高校生の頃から、ちょっと特別な感じのする人だった。その印象は、はっきりと今でもある。今のほうがもっと強く、特別さが目に見えない粒になって玲のまわりを漂っている気さえする。

「この頃、よく小説を読んでいます」

それだけいって、口を閉じた。

「ちょっと、玲、それだけ？」

誰かがいったのを受けて、玲はわずかに口元をほころばせて付け加えた。

「おもしろい小説があったら、どんどん教えてください。よろしくお願いします」

そうして今度はほんとうにそれで終わりのつもりらしく、小さくお辞儀をした。

「なんで小説」

質問したのは、誰だろう。声が尖《とが》っていた。わかる。私も同じことを思った。なんで小説。歌はどうしたの。私たちは玲の類《たぐ》いまれな歌の才能に希望を持っていたのだ。希望というときれいごとみたいに聞こえるけれど、なんというか、どんな壁があったとしてもこの人の歌だけは通る、というような確信といい替えてもいい。だから小説なんて読んでないで、もっとがむしゃらに歌の道を突き進んでいってほしい。

「うん。小説はね、歌のために」

玲はいった。言葉が足りなすぎてよく意味がつかめなかった。

「小説を読むことが、歌につながるってこと？」

身を乗り出して千夏が聞いた。みんな、玲の返事を待っている。

「少しでも時間があったら、音楽を聴くよりも、小説を読む？」

千夏は真剣なまなざしで重ねて聞く。

「うーん、なんともいえない。音楽はいつもそばにあるから。ただ、今は、意識的に小説を読んでる」

千夏は、小さく二度ほどうなずいた。

「千夏はどうしてるの」

今度は玲が聞いた。ミュージカルのオーディションを受けているといっていた千夏が、歌のためにどうしているのか、ということだろう。

「トレーニングのほかに、ってことだよね？」

千夏が聞き返して、玲がうなずいた。トレーニングというのがどういうものなのか私にはわからなかったけれど、歌やお芝居のトレーニングを受けているということなのだろうと想像した。

それをさらっといってしまうほどに、千夏や玲にとってトレーニングは日常のことなのだろう。

トレーニング。いい言葉だな、と思った。私には縁のない言葉だ。私がぼうっと過ごしている間に、集めていたカードに価値がなくなり、トレーニングしていた人たちははるか遠くに進んでいる。

「私は、ひたすら聴いてる。玲と違って、私はまだまだ聴いてない歌がたくさんあるからね。名曲、名演、っていわれてるものをどれだけ聴けてるのか、死ぬまでにどれくらい聴き終えることができるのか、考えると焦るよ」

玲も黙ってうなずいた。ひかりが間に入るように、

「音楽はいいね。いい音楽を聴くだけで気持ちが澄んで、感情が耕される気がする」

といい、それから唐突にこちらを見た。

「佳子はどうしてるの」

「え、私？」

質問の意味がわからなかった。歌といえば２Ｂ全員で歌った合唱「麗《うるわ》しのマドンナ」が今でも強く心に残っていた。ひかりがクラス委員で、指揮が玲、ピアノ伴奏が千夏だった。私は積極的にかかわったわけでもないし、歌がうまいわけでもない。それどころか、どちらかといえば合唱コンクールも卒業生を送る会での合唱も、面倒な気持ちがなかったわけではない。

「絵、描いてるでしょ。表現する技術みたいなもの、どうやって磨いていくのかなと思って」

「あ、ああ」

曖昧な返事になった。絵のためのトレーニングなどひとつもしていない。音大に進んだ玲や、

ミュージカルのオーディションを受けている千夏と比較するのもおこがましい。卑屈になっているわけではなく、なにしろ私にとっての絵は純粋な趣味だ。技術を磨くために努力をするという気構えがそもそもない。

それに、今は――ううん、この何年か、私の一番の関心事は絵じゃなかった。勉強でもないし、友達でもなかった。

「絵と歌は、違うと思うよ」

だけどとっさにそんなことをいった。ほんとうは、絵と歌が違うんじゃなくて、本気度が違うのだ。

「そうだよね」

千夏は人がいいからあっさり納得してくれた。納得されてほっとしたけれど、なんだか少しさびしかった。肩を並べて語りあえればよかった。私には語れるほどの近況がない。

「いい音楽って、聴いてると心が動くんだよね。動くっていうか、なんか、やわらかくなったり、鋭くなったり、弾んだり、転がったりするの。そんで、何度も聴いてるうちにその動きの向こうから新しい発見が来るんだ。来る、っていうのもおかしいんだけど、突然向こうからやってくる感じ。何も斬新な歌唱法ってことじゃなくて、衒《てら》いもけれんもないまっとうな歌の中にも新しい発見はあるんだ」

千夏はうれしそうに話した。もしかしたら誰かが横槍《よこやり》を入れるかもしれないなんて考えもしないみたいに。うらやましかった。つまらない人の声なんか気にせず、そうやって毎日毎日音楽を聴いて、歌に心を動かして、動かされて、自分の歌を探していくんだろう。この子は、今、生きている。

「ちょっと、ごめん」

居たたまれなくなって席を外した。

店の奥のトイレに行って、ドアを閉め、息をつく。足元だけ、あるいは手の届く範囲だけを見て私は生きている。好きな人のことで頭がいっぱいで、他は目に入らなかった。それが悪いとは思わない。そんなふうにしかできない。だけど、元の同級生ががんばって遠くを目指しているのを目の当たりにすれば、心にさざ波が立つ。彼女たちを穏やかにあたたかく見守れるほど私は人間ができちゃいない。

そのとき、不意に懐かしい音が耳に飛び込んできた。一瞬、何だかわからなかった。短い前奏、そして、ストレートな歌声。店の有線放送で懐かしい歌が流れ出したのだった。

鳥は飛べる形　空を飛べる形

すっかり忘れていて今まで思い出しもしなかったのに、あのときの気持ちが胸によみがえった。あのとき。あの人が教えてくれた歌。

ああ、あれが始まりだった。私は鳥じゃないから飛べない。空を見上げて嘆くだけだ。今は空も見えないイタリアンレストランで昔の同級生たちに囲まれて挫《くじ》けそうになっている。

僕らは空を飛べない形　ダラダラ歩く形

ずっともやもやしていたあの頃、ボーズ――古典の先生が教えてくれた歌だ。私はもともと空なんか飛べない形だった。ダラダラ歩いていくしかないんだ。ダラダラと、でも一歩一歩踏みしめて。

いろんな決断をした同級生たちの中で、私だけいつまでもダラダラと何も決められないで、学内の懸賞論文にも落ちて、そればかりか、三年越しの失恋なんかして。

洗面所の鏡を見る。心根の悪そうな顔が映っているかと思ったのに、そう悲愴《ひそう》でもない表情の私がこちらを見ている。どうだろう。里中佳子という人間はダラダラ生きている自分と、いきいきしている友人を比べて自己嫌悪に陥ったりするだろうか。即座に、そんなことはない、と思う。玲にも千夏にも、もちろんあやちゃんやひかりにもがんばってほしいと思う。あの子たちの願いが叶うといいと本気で思う。ときどきは、心に力が入らなくて、妬《ねた》ましく思ってしまうこともあるかもしれないけれど。まあ、それくらいは大目に見てもらおう。私はあの子たちのことがやっぱり好きなんだから。私は私を恥ずかしがったり嫌ったりすることはないんじゃないかな。ダラダラとでも歩いていけばいいんだ。きらきらした目標がなくても、一歩、一歩、歩いていけばどこかにはたどりつける。

よし、と声に出してみる。流れている歌を口ずさんでみる。ハイロウズの『バームクーヘン』という歌だった。

たとえでっち上げたような夢も　口から出まかせでもいい
現実に変えていく　僕らはそんな形

夢をでっち上げるのは少しむずかしいけど、近況くらいならなんとかなりそうじゃないか。ほんの半月ほど前までの、懸賞論文が最終候補に残っていて、好きな人からは決定的なひとことをまだ聞いていなかった頃の近況に戻せばいいだけだ。楽しい近況を披露して、それを現実に変えていけばいい。鏡の中の自分にうなずいたら、向こうもうなずき返してくれた。ちょっと気分を持ち直した。

深呼吸をしてから席に戻ると、なんだかテーブルの空気が一変していた。和やかだったはずなのに、明らかに刺々《とげとげ》している。

「なんで二番手だとか決めてるわけ」

早希が怒っていた。相手は、たぶん、玲だ。顔が少し赤い。怒っているせいか、それともアルコールが入ったからなのか。

「私が決めたわけじゃないよ」

玲もまともに返事をしている。この子は笑ってかわすという術《すべ》を知らないのだ。

「でも、一番にはなれないって自分でいったじゃない。自分に高を括《くく》ってるよね。そんなメンタリティで一番になれるわけがない」

早希も早希だ。言葉に容赦がない。まわりのみんなは黙ってビールを飲んだり、ピザを食べたりしながら成り行きを見守っている。

「井の中の蛙《かわず》っていうけど、玲は逆なんだよ」

早希の言葉に、玲は口を噤《つぐ》んでいる。

「ぎ、逆っていうと、つまり、蛙の中の井戸？」

千夏がおずおずと聞き返して、つい笑ってしまった。蛙の中の井戸って、意味がわからない。でも笑ったのは私だけだった。早希はにこりともせずに千夏を見た。

「井戸の蛙は狭い世界で自分が一番だと思い上がってるんだよね。でも、玲は逆。ほんとうは一番になれるかもしれないのに、第二グループだと決めつけている。そうやって投げてるんだよ」

「小説を読むのは、歌を投げてるからじゃないよ」

早希に比べるとずっと小さな声で玲が返す。

「ただ、もう根拠のない自信を持てる時期は過ぎたってこと」

「なにそれ。根拠がなければつくればいいんじゃない」

みんな、それぞれのことをしながらも、固唾《かたず》を呑んで見守っているのがわかる。いつだって、玲が動くと余波が来る。私たちは波をくぐったり飛び越えたりしながら、それでも玲から関心を逸《そ》らすことができない。

「玲が歌った歌に、あたしたちは魂抜《たましい》かれたんだよ。あれは幻だったの？　それともあたしたちはナメられてるの？　音大に行ったらもっとすごい人はたくさんいました、ってそんなことどうして平気でいえる？　玲の歌は玲が勝手にできるようなものなの？　違うんだよ。玲はあたしたちに責任取らなきゃいけない。歌わなきゃいけないんだ」

向こうでパスタを取り分けていた里絵子が手を止めている。空いたグラスを持ったまま、あやちゃんが早希を凝視している。小さくため息が洩《も》れた。どうして早希って人はこんなふうにプレッシャーをかけてしまうんだろう。もしも玲が自信をなくしているのだとしたら、プレッシャーをかけてもいい結果にはならないんじゃないか。

玲はしばらく黙っていたけれど、いつもと変わらぬ端正な顔を上げた。

「早希は勘違いしてる」

ぜんぜんひるんでいないみたいだ。早希のことをまっすぐに見て、話を続けた。

「小説を読んだり、語学を勉強したりしてるのは、歌うためだよ。たとえばオペラだったらイタリア語で書かれていたりするの。母国語じゃない言葉にどう感情を乗せるか、未知の単語のどこにどう気持ちを込めるかが課題になってくる。知らない言葉に魂を込めることって、すごくむずかしいから。だから語学の勉強はどうしても必要なんだ。小説を読むのは、感情を揺らしたいから。歌に共振できる感情を育てたいんだ」

玲にしては長い弁明だった。

「だったら、二番手だなんていわないでよ。言い訳に聞こえるでしょ」

早希の口調が心なしか和らいだかもしれない。今度は千夏に向かって話しかけた。

「千夏は自分の歌をなんとかして聴いてもらおうと思ってるよね。自分の歌を聴いてもらうことばかり考えてる」

「う、うん」

「でもさ、それでいいんだよ。むしろ聴かせなきゃ駄目なんだ。感動させろなんていわない。ただ、千夏にも、玲にも、歌い続けてほしい。歌えるって、すごく恵まれてることだと思うんだ」

歌えるって、すごく恵まれてること。

恵まれてる、というひとことに鼓膜がずきずき痛む。私は、もしかしたら、何にも恵まれなかったのかもしれない。

さびしさが胸の中をひゅうっと過《よぎ》ったけれど、すぐに自分で打ち消した。家族に恵まれ、友人にも恵まれ、それでも恵まれなかったなどといいたくはない。懸賞論文を書く気力にも恵まれたし、あの人を好きになることだってできた。それが報われなかったからといって、恵まれていないなんて思っちゃだめだ。

早希がどんな経験をしてきたのか私はよく知らない。だけど、きっと早希にも何かが起きて、恵まれていることを悟ったのだ。恵まれなかった人の恨みではなく、恵まれた人が恵まれたことに感謝する気持ちが、言葉からにじみ出て伝わってきた。きっと、だから言葉はきつくても静かに聞いていられたのだ。

「歌うよ」

玲がいった。

「だから、早希は聴き続けて」

ああ。こういうところが玲なんだろう。早希には早希のやるべきことがあるはずだ。私は私のことをがんばるから、早希は早希のことを。それがこういう場合の同級生としての応酬ではないか。玲は違う。私は歌うから、早希もがんばって、とはならない。早希はそれを聴き続けて、といえる。歌う人なんだ。相手が誰であろうと、何をする人であろうと、玲は歌う人なんだ。

目の前に、あの頃の、輝くようだった玲の歌声がよみがえった。耳ではなく、目の前に。そう、まるで歌声が目の前で踊るみたいに玲は歌うのだ。私たちはその歌声に触れるだけで、何かとてもいいものを手のひらで触ったような気持ちになったものだ。

「悪いけど、あたしたち、あの頃の玲が一番だから。それを抜くのはむずかしいよ」

早希が挑発している。

「あら」

ずいぶん低い声の「あら」だ。歌っている声とは大違いだ。玲の顔に不敵な笑みが浮かんでいる。

「悪いけど、あの頃の私がどんな歌を歌っていたにせよ、とっくの昔に超えてるから。今は、もっとずっとうまくなってる」

まわりの景色が動き出した。パスタは無事に取り分けられて配られ、あやちゃんと史香は何か話して笑い、希美が店員にウーロン茶を頼んでいる。

「身体鍛えなよ」

早希は唐突に話題を変えた。

「鍛えるってどこを」

間に入るように里絵子が尋ねる。トレーニング、といっていた千夏の声を思い出した。この子たちはきっとじゅうぶんに鍛えているだろう。さらにトレーニングするとしたら、どこなんだろう。

「だって、オペラ歌手ってたいてい体格いいじゃない。玲も千夏も華奢でしょう、身体からつくっていくことも考えたらどうかな」

早希、と弾んだ声をかけたのは千夏だった。

「見てくれる？　身体つくるの手伝ってくれる？」

たしか、早希は大学で、スポーツ科学だったか、何か身体づくりのことを専攻しているのだ。でも、早希は素っ気なく首を横に振った。

「いいトレーナー探して紹介する。あたしじゃだめだよ、ちゃんと一流のプロに頼まなきゃ」

「ずるい」

即座にいい放ったのは玲だ。

「ずるいよ、早希。私たちには一番を目指せなんていっておいて、自分は逃げる気？」

早希の表情が険しくなった。私の頭越しにふたりは向かい合っている。なんで久しぶりのクラス会でこんな緊張の走る場面になってしまうんだろう。まったくおとなげない。まわりが引いているのに気づかないんだろうか。ひかりがそっとうつむいた。ひかりが何もいわないなら、いざとなったら仲裁に入るのは千夏か。千夏は当事者か。じゃあ、私。私が間に立ってふたりを丸く収めなきゃいけないのかもしれない。

ふ、とどこかから聞こえた気がした。

ふふふ。ふふふふ。

誰かが笑っている。向き合っていた早希と玲が私を見る。違う、私じゃない。見まわしてみると、肩を震わせ笑いをこらえようとしているのはあやちゃんだった。

「ああ、最後にいいもの見せてもらった」

あやちゃんはいたずらっ子みたいな顔をしていた。

「ふたりとも、相変わらずだよね。気が強いくせに意外なところで弱かったり脆《もろ》かったりして、ほんとおかしくなっちゃう」

「そうかな」

「そうだよ」

そうだよ、と答えたのはあやちゃんだけじゃない。ここにいる元2Bの全員が思ったことだろう
うし、そのうちの何人かは口に出して力強くうなずいた。もちろん、私もだ。

来てよかった。急にそう思った。トレーニング、したいと思った。私も自分をぎゅうぎゅう鍛
えたい。

「あれ？　近況報告どうなったんだっけ。もうみんな終わった？」

「――と思うけど」

「あ、佳子は？　佳子、まだだったんじゃない？」

「え、もういいよ、私は」

「だめだめ、聞きたいよ、佳子はどうしてたの」

「絵は描いてるの？」

「うん、まあ」

答えながら立ち上がる。

「立たなくていいんだって」

スカートの裾を、いつのまにか隣に来ていたあやちゃんが引っ張った。

「いいの。立ちたいの」

私は立って、こちらを見ているみんなの顔を確認する。

「報告するような派手な近況はありません」

わざわざ立ち上がっていうことでもないけれど。近況をでっち上げるつもりでいたんだけれど。

「地味な近況を報告します。先週、ふられました」

どよめきが上がった。しんとなるよりはずっといい。笑ってくれたらもっといい。

「なにそれ」

「佳子をふるとはどんな男だ」

ほんとうだ。どんな男だったんだっけ。大人になったら考えるからとにかく頭を冷やせ、なんていってたくせに、二十歳の誕生日を迎えて再び告白したら、やっぱりだめだった。ものすごく驚いた顔をされて、ごめん、と謝られて、今度結婚するんだ、と告げられた。驚かれたこと、謝られたこと、結婚を知らされたこと、がん、がん、がーん、と三段階に強まる衝撃で私は頽《くずお》れそうだ。

「つまんない男のことは忘れることだよ」

「そうそう、佳子ならぜったいいい男が見つかるよ」

口々になぐさめてくれるのを、ありがたいような、なさけないような気持ちで聞いている。

「ありがと。そうだよね、もっといい人が現れるかもしれないよね」

いい終わるか終わらないかのうちに、頬がひくひくした。マグマのような熱い塊がおなかの底から噴き上がった。

「え、なあに、佳子、どうしたの？」

心配そうな声で聞かれて、頭を振る。

「……つまんない男じゃなかったもん。もっといい人なんていないもん」

そう口にしたら、こらえきれなかった。ずずずずず、と啜《すす》り上げて、私は泣いた。

「わっ、佳子、だいじょうぶ？」

「泣き上戸だったのね」

そんな、ことは、ない、はずだ。ビールだって酔っぱらうほどは飲んでいない。だけどなんだか勢いがついて、お腹がぐるんぐるんまわるようで、それを吐き出さなきゃもうなんにもできない気持ちだった。追い立てられるように私は泣いた。

「よしよし、泣いちゃいな。気の済むまで」

誰かが背中をさすってくれている。あやちゃんかな、と思う。やっぱり、やさしい。遠くへ行ってしまっても、必ず会いに行こう。そうだ、それがいい、と泣きながら頭の片隅で思った。

「泣いてないで、ほら、佳子」

この声は早希だ。顔を上げる間もなく白いハンカチを差し出された。

不意に耳の奥でメロディーが流れ出す。さっきかかっていた、『バームクーヘン』だ。

ダビンチのひらめきと　ライト兄弟の勇気で
僕らは空を飛ばないかわり　月にロケットを飛ばす

私はダビンチでもないし、ライト兄弟でもない。月にロケットだって飛ばせない。あの頃も、今も。思ったようにいかないことばかりで、どっちを向いて歩いているんだかわからなくなって。でも、友達がいる。誰かはダビンチで、誰かがライト兄弟かもしれない。そしていつか、私にもダビンチのひらめきが訪れるかもしれない。とにかく、ダラダラとでも歩くんだ。すわりこんでいたらつまらない。傍らを歩く人を批判したり、走っていく人をうらやんだり、そんなことしていたらここにいるみんなに置いていかれてしまう。

でも。

「ボーズのばかやろう」

手の甲で涙を拭いながらつぶやくと、

「えっ」

「ええっ」

剝《む》き出しになった驚きの声があちこちで上がった。

「ボーズって、まさか、あの古典のボーズ……?」

背中に当てられた手も止まっている。いいんだ、そこに翼は生えていなくても、私には翼のかわりに両手がある。

「そうだよ」

私は答えた。まだ涙声だったけれど。

「古典の、だみ声の、ダサい服の、もういいおっさんの、あのボーズだよ」

「……知らなかったよ、ぜんぜん」

「何があったのボーズと」

「どこがいいのボーズの」

「いつから」

矢継ぎ早に質問を受けるけれど、答はひとつだ。

「なんにもなかったよ。ずっと私の片思いだったよ」

「げー」

笑っていいのか、どうしたものだか、わからないらしくてみんな困った顔をしている。

はは、と笑ってみた。ははは。べつにおかしくなかったのに、笑い出したら身体が震えた。

「あはははははは」

私が笑っているのを見て、みんなほっとしたらしい。何人かが笑ってくれた。あははは、笑って、笑って。あははははは。

ボーズを追いかけて、ここまで来た。ボーズ。あの頃、２Bにいたから私はボーズに恋をしたんだと思う。完全に失恋することも、ほんとうはなんとなくわかっていた気がする。ボーズは先生で、私は生徒だった。恋が叶わないほうがいい。心のどこかでそう思っていたのかもしれない。

古典は今でも好きだ。ボーズ憎けりゃ袈裟《けさ》まで憎いかと思っていたけれど、袈裟はぜんぜん憎くなかった。ボーズに少しでも近づきたくて選択した日本文学に、古典に、思いのほか惹かれている。おもしろくて、もっと勉強したいと思う。たぶん、こういうささやかな気持ちを杖《つえ》にして立ち上がればいいんだろう。そういう予感はあるけれど。

「ううっ、ボーズのばかやろう」

またみんなが困った顔を見合わせている。

「ほらほら、もう泣かないで」

子供をあやすような口調でなだめられた。だいじょうぶ、もうすぐ泣きやむし、もうすぐちゃんと歩き出せる。わかってはいるけれど、今はもう少しだけダラダラ甘えていたい気分だった。

Ⅳ　コスモス

シュークリームみたいな子だな、というのが第一印象だった。

「東条あやです。よろしくお願いします」

そういってぴょこんとお辞儀をした頭がふわふわしている。

もうちょっと詳しく自己紹介を、と促されて困っているようだ。短大時代の専攻と入っていたサークル、それに好きな食べ物を話したところで言葉に詰まった。まじめそうで、かわいい。

うちの会社は眼鏡を製造・販売している。工場と事務所をあわせて六十名弱の会社だ。私は高卒でここに入社してちょうど十年になる。去年は新入社員がいなかったし、その前の年は中途採用で営業職に男性が一人入っただけだったから、今年は業績が少し上向いているということだろう。社会とか政治とか経済とかよくわからないけど、うちの会社の中の景気のことならなんとなくわかる。こうして短大の新卒を採用できるというのはいい傾向だと思う。

そんなことを思っていたら、彼女が次に口にした言葉にびっくりして飛び上がりそうになってしまった。

「東京生まれの東京育ちです」

飛び上がりそうになったのは私だけではなかったようだ。隣の島で吉森《よしもり》さんと漆原《うるしばら》さんの肩がピッと上がるのが見えた。

今どき東京がめずらしいわけじゃない。私も何度か遊びに行ったことがあるし、そうだ、二期下の水野《みずの》さんは東京の大学を出て、戻ってきてここに就職したはずだ。

だけど、どうして？――私はあらためて社長の横に立っている華奢な女の子を見る。

どうして、何を思って、東京生まれの東京育ちがわざわざ新卒でこんな町のこんな会社へ来たのだろう。

卑下しているのではない。こ、い、こんな町というのは単にこの町を指しているだけだし、こ、い、こんな会社のことも、悪くないどころか私はけっこう気に入っている。だけど、いい替えるなら、こんな町は日本のどこにでもいくらだってありそうだし、こんな会社に似たり寄ったりの会社だってきっとたくさんある。

「いたらないことばかりだと思いますが、いっしょうけんめいがんばりますので、どうぞよろしくお願いいたします」

そう挨拶して、最後に彼女は丁寧に頭を下げた。

ラインマーカーっていうんだっけ。小さなタイヤが付いていて、中に入れた石灰が下から出るようになっていて、校庭に白線を引く、あの変な道具。あれがコロコロと音を立てて目の前を通っていったような感じだった。

「東条さん」と呼ぶより「あやちゃん」と呼んだほうがしっくりくるような、まだどこかに少女っぽいかわいらしさの残る新入社員を、私はこのときくっきりと白線で隔てたのだった。

雪が降ると首が重くなる。雪で冷えるせいか、気圧の変化のせいなのか、よくわからないのだけれど。春になって、だいぶ調子はよくなったはずだった。

それが、このところまたあやしい。首から肩にかけて、もやもやするような、しくしくするような、変な重さがのしかかってきている。右に一回、左に一回、首を曲げてみて、それからゆっくり大きく回す。この首の違和感をどんなふうに表現すればいいかわからない。あえて表現しないよう無意識のうちに自制しているのかもしれない、とも思う。表現してしまえば、私の目の前にいつもかかっている靄《もや》みたいなものの正体がわかってしまうから。それを直視するのは怖いから。

一方で、そんなたいそうなものではないような気もしている。あれはただの事故、なんでもない小さな事故、と自分にいい聞かせる。これまでに何回も、何十回も唱えたことを、声には出さずに。

小学生の頃、父の運転する車に乗っていて追突された。ただそれだけのことだ。なんでもないこと、忘れてしまってもおかしくないようなこと、しかも十何年も前の話だ。

あの日も雪が降っていた。交差点で後ろからコツンとやられた。交番のある角だった。誰もスピードは出さないし、信号無視もしない。追突してきた車は雪で道が滑ってずるずると止まり切れなかったらしい。その程度だったから、事故というほどの事故ではない。私以外の誰も怪我をしなかったし、実際、車の傷も小さかった。

それなのに、そのコツンが響いた。同乗していた家族の誰もなんともなかったのに、後部座席にいた私だけに響いた。今でも寒いとしくしくする。夜眠れなくてしくしく、もやもやする。ひどいときにはいらいらしてくる。

ばかばかしいと思う。たいしたことのない事故だったのは私自身もよく知っている。それなのに、どうして、と考えてしまう。どうして私が？　なぜいつも首をかばいながら、肩凝りに悩まされながら、片頭痛を気にしながら、生きていかなければならないんだろう。首から肩にかけてしくしくと痛んで、いつのまにか胸のほうまでしくしくしてきて、いろんなことがつまらなく思えてしまう。明るい気持ちもしぼんでしまう。こんなしくしく症を抱えたくはなかった。

そのしくしくが、春だというのにぶり返している。首から肩にかけて重くて、一日に何度もため息をつきたくなる。

ようやく仕事を終え、更衣室へ行くと、ちょうど東条さんと一緒になった。ふわっとバニラの匂いがしたような気がした。二十歳《はたち》ってこんなに若々しかったんだ。自分がその歳のときには気づかなかった。今だってそれほど変わったつもりはないのに、こうして目の前にするとよくわかる。二十歳って若い。肌がつやつやで、髪がふわふわで、身体にはクリームが詰まっていて。しくしくすることなんて絶対になさそうに見える。若いってそういうことだ。

「お疲れさまです」

声をかけただけで通り過ぎてしまった。おとなげないだろうか。先輩なんだからもう少し先輩らしい言葉をかけるべきだろうか。仕事には慣れた？　とか、何か親切な言葉を。そう考えなかったわけではないけれど、何もいえなかった。若くてかわいらしい短大卒。東京生まれの東京育ち。白線で隔てた人だった。

制服のスカートを脱ぎながらそっと彼女のほうをふりかえった。彼女はすでにこちらに背を向けて着替えはじめている。やっぱり何か話しかけようか、と思ってから彼女の髪の下から黒いコードが出ているのが見えた。どうやらイヤフォンをつけているらしかった。

ちょっと肩透かしを食ったような感じだった。私なら会社を出るまではイヤフォンなんてつけない。でも、きっと私も新入社員の頃はそういう社会人のマナーみたいなものを何も知らなかった。

さっさと着替えて帰ることにして、彼女の脇を通り過ぎる。お先に、と声をかけたら、

「あっ、お疲れさまでした！」

あわててイヤフォンを外し、振り返って返事をした声が湿っていた。思わず足を止めると、彼女は無理やり笑顔をつくって私に会釈《えしゃく》をした。

「……どうかしたの？」

尋ねても、不自然な笑顔のまま首を横に振っている。

「でも、泣いてるよね？」

トートバッグの内ポケットからハンカチを出して手渡す。彼女は素直に受け取って、それをそのまま拳の中にぎゅっと握りしめた。そうしてしばらくうつむいていたけれど、やがて顔を上げてハンカチを差し出した。

「すみません、これ、借りちゃうと、あの、私、すぐに洗ってアイロンかけてお返しできるかどうか自信がなくて」

そういうと、止まっていた涙がまた滲《にじ》んだようだった。

そういえばそうだったなあとだんだん思い出してきた。新入社員の頃。やることなすことうまくいかなくて、先を読むどころか上司の指示の意味自体がわからなくて、毎日右往左往してへとへとだった。まして、この子は慣れない町に来てひとり暮らしを始めたばかりだ。緊張と疲労が重なって、泣いてしまいたくなったとしても無理はない。たった一枚のハンカチにアイロンをかける気持ちの余裕もないのかもしれなかった。

どうしてこんな町を、こんな会社を選んだの。そう聞いてみたかった。でも、ためらった。立ち入りすぎのような気もしたし、聞いてうれしい答ではなかったら反応に困る。

「何を聴いてたの？」

結局、当たり障りのないことを聞いた。

「ああ、これは」

東条さんはバッグからiPodを取り出した。

「今は何も聴いていませんでした。人と話さなくて済むように、イヤフォンを差して音楽を聴くふりをしていたんです」

正直すぎる答だった。ひとりで涙をこらえていたかったということなんだろう。

「ごめんなさい」

素直に頭を下げる様子はやっぱりまだ学生みたいで憎めない。

「いいよ、話しかけられたくないときってあるよ」

私がいうと、彼女は恥ずかしそうにうなずいた。そして、イヤフォンを私に向けた。

「よかったら、聴きますか」

イヤフォンを受け取ろうか、迷った。どんな音楽を聴いているのか興味はあったが、趣味が似ているとも限らない。でも、彼女はいった。

「私、この歌を聴いていて、この町に来ようって決めたんです」

私は黒いイヤフォンを受け取って、両方の耳に塡《は》める。それを確認して、彼女がiPodのボタンを押した。

耳の奥で静かに音楽が始まる。明るく軽やかなピアノの前奏。私は軽く目を閉じる。すぐに歌声が流れ出した。

夏の草原に　銀河は高く歌う

合唱曲らしい。女声ばかり、それもかなり若い声の合唱だった。

胸に手を当てて　風を感じる

風を、ほんとうに感じたような気がした。

ところが、そこまで聴いたときに更衣室のドアが開いた。

「おつかれー」

「おつかれさまでーす」

仕事を終えた同僚たちが何人か入ってくる。

イヤフォンをしたままで、ふと気がつくと、音楽が消えていた。東条さんが自然な手つきで私の耳からイヤフォンを外す。

「どうしたの、もう終わり?」

振り向いて尋ねると、iPodをそっとポケットにしまいながら小さく笑って首を振った。

「すみません、押しつけちゃって」

押しつけられた感じはなかった。

たしかに、いきなり人に自分の好きな曲を勧めるというのは多少押しつけがましかったかもしれない。でも、いやな感じはしなかったのに。

東条さんはついさっきまで泣いていたなんて思えない明るい笑顔で、お辞儀をした。

「おつかれさまでした」

江川《えがわ》さんが、おつかれさま、と答えてから、

「どう？　慣れた？」

ちょっと先輩ぶって聞いた。江川さんは三年前の新入社員だ。その後、新卒の社員が入ってこなかったから、いつまでたっても一番下っ端扱いだったのだ。東条さんが入ってきて、うれしかったのかもしれない。

でも、慣れたかどうかなんて、今の東条さんには答えづらい質問だろう。彼女は慣れていない。職場にも、東京から越してきたばかりのこの町にも。

「はい、おかげさまで。ずいぶん慣れました」

東条さんがにっこりとほほえんで答えているのを聞いて、胸がきゅっとなった。

無理をしている。

無理をするなというほうが無理なのかもしれない。ここで働くと決めた以上、慣れませんなどと弱音を吐いていいときと、そうでないときがある。とりあえず、おかげさまで慣れましたと答えたほうがいい場合もたしかにあるのだ。

「わからないことがあったらなんでも聞いてね」

江川さんは親切そうにいうと、そのまま大胆に制服を脱いで着替えはじめた。

「じゃ、おつかれさま」

なんとなくうやむやになったまま、私も挨拶をして更衣室を出た。たぶんもう東条さんは泣かない。少し無理をしてでもほほえみを浮かべ、無難な会話しかしないだろう。

あの歌、なんだったんだろう。

そう思ったけれど、次の機会を待とうと思った。


次の機会なんてものは、いつだってなかなかやってくるものじゃない。バッターボックスになら八人待てば少なくとも一度は立てるけれど、野球じゃない。サッカーでもない。しいていうなら、バドミントンを思い出した。一度落としてしまったシャトル。耳から抜かれたイヤフォンは、続かなかったラリーの、コートにぽとんと落ちたシャトルみたいに思えた。

東条さんはまじめな人だった。いつも始業時間よりずいぶん早く来て机の上を拭いたり、ゴミ箱の中を始末したり、コピー用紙を補充したりと、他の人が後回しにするようなことを片づけておいてくれた。勤務時間中は少しでも早く仕事を覚えようと一所懸命にやっているのが見て取れる。がんばっているなあ、というのが率直な感想だった。

お昼ごはんには毎日かわいらしいバンダナに包んだお弁当を持ってきた。ひとり暮らしだそうだから、自分でつくっているのだろう。コンビニで買ったおにぎりやサンドイッチ、それにヨーグルトか何かでお昼を済ませることの多い私は、手作りのお弁当にも感心した。そして、安心もした。この子はだいじょうぶだ、と。一所懸命がんばっているのが伝わったのは、私にだけではない。東条さんは上司や同僚たちからも好ましく受け入れられたようで、すぐに「東条さん」から「あやちゃん」に呼び名が変わった。

だから、というのはいいわけだろうか。だから、私は忘れてしまった。彼女が更衣室で泣いていたことを。私に何かの歌を聴かせようとしたことを。忘れていいと思ったのか、忘れてしまったほうが彼女のためだと思ったのだったか。

同じ会社ではあるけれど、部署が違うから勤務中はほとんど一緒に仕事をすることもない、新入社員。東京から来た、ふわふわした印象の、でも意外にまじめな、かわいい子。ほら、何も私が気にかけることはない。そう思おうとしたのかもしれない。

私のしくしく症は一向によくなる気配を見せなかった。

仕事をしているときはもちろん、買い物をしていても、家にいても、奥野《おくの》さんと会っているときにも、しくしくと肩から首のあたりが痛んだ。

「どこか行きたいところ、ある?」

運転席から奥野さんが尋ねる。ネイビーのシャツの胸元から銀のハートのネックレスが覗く。

去年のバレンタインに私がプレゼントしたネックレスだ。アンティークの革紐《かわひも》に大きめの歪《ゆが》んだハートが付いている。ハートなんて似合うかな、と奥野さんは困ったような顔をしたけれど、やっぱり似合っていると思う。

「ううん、特には」

助手席で答えると、奥野さんは前を見たまま、ふうん、といった。

とりあえず、8号線を北へ向かう。

「久しぶりに金沢まで行こうか」

「うーん」

あまり気乗りしなかった。首が痛い。胸がもやもやする。

「じゃあ、映画でも観る？」

「……何かおもしろそうな映画やってたっけ？」

質問に質問で答えて、でもその質問にも答がなかったので、運転席を見ると、奥野さんは無表情に前だけを見ていた。機嫌が悪いのかな、と思ったとき、

「機嫌悪いよなあ。会社で嫌なことでもあった？」

奥野さんがいった。

「え、私？」

嫌なことなんて身に覚えがない。だいたい、機嫌が悪いのは奥野さんのほうだろう。

「菜生《なお》ちゃん、この頃ずっとそんな感じ。つまらなそうな顔して。会社じゃないんなら家で何かあったのか」

私は首を横に振った。家でも特に何もない。だけど、会社じゃなく、家でもないなら、奥野さんに対して不満を持っているみたいではないか。

「会ってても楽しくないんだったら――」

右折車線に入りながら奥野さんがいいかけるのを急いで遮る。

「ううん、楽しくないなんてことあるわけないじゃん。ごめん、ちょっと疲れてるだけ。残業続きだったし、相変わらず首が痛いし」

遠出もせず、映画も観ず、今日もやっぱりカフェに行って何か食べて、飲んで、どうでもいいことを喋って、時間が過ぎるのだろう。

どうでもいいこと、と思っている時点でなんだか駄目だ。どんな小さなことでも話してくれればうれしかった頃を過ぎ、今はお互いにお互いをわくわくさせられるような特別な話など思いつかなくなってしまった。何か、話したい。話さなくては。

「新人の子がね」

自分でも思いがけず口をついて出たのは、東条さんの話だった。

「毎朝早く出社してみんなの机の上を拭いてまわってるの」

「へえ。そりゃまたずいぶんよくできた新人だね」

うん、とうなずいて私は東条さんの幼さの残る笑顔を思い出していた。

「親御さんの躾がいいんだろうな、そういう子って。でも案外、仕事は腰掛けだったりするんじゃないの？」

記憶の中の彼女の笑顔が、不意にくしゃっと崩れた。

「どうなんだろうね」

そう返しながら、首から肩だけでなく、頭から背中のほうまで、しくしくもやもやが広がっていくのを感じた。

何も知らずに話を合わせてくれた奥野さんに腹を立てているわけではない。まして東条さんに怒っているわけでもない。けれども、無性に腹立たしかった。

あの子はよく躾けられたお嬢さんで、ほんの腰掛けみたいなつもりで働いている。——そんなわけない、と思った。いや、よく躾けられたお嬢さんがいけないわけではまったくないし、どんな働き方があってもいい。ただ、彼女がそうだと決めつけられることには、なぜか抵抗があった。わざわざ東京から来て、ひとりで暮らしながらがんばって働いているのだ。生半可な気持ちではないだろう。

それから、はっとした。腹立たしい理由。思い当たってしまった。はっとするのと同時に、ぞっとしていた。

「わかった」

つぶやいた声に、奥野さんはハンドルを握ったままちらりとこちらを見た。

「何がわかったんだよ」

「私は、私に怒ってるんだ」

小さな声になった。この腹立たしさの原因が自分自身にあることが、悲しい。いつのまにか二十八歳になって、仕事をそつなくこなせるようになり、人ともそつなくつきあえるようになった。それは、大事なことだとは思うのだけど——。

働きはじめて十年になるのに、仕事にやりがいを感じているとはいえない。かといって、朝早く行って机を拭く気もない。他に特に熱中していることがあるわけでもないし、つきあっている人と結婚に向けて話が進んでいるのでもない。そもそも本気で結婚を望む気持ちさえ、私の中にあるのかないのかわからなくなっている。そういう私自身のもやもやをひっくるめて揶揄《やゆ》されたような気持ちになってしまったのだった。

そっと運転席の横顔をうかがう。奥野さんは転勤族だから、もうあと何年かしたらこの町からいなくなってしまう。そのとき自分はついていくのか。ついていきたいと願っているのか。だとすると、仕事は辞めるつもりなのか。家族は置いていくのか。そこまで考えて、いつも止まってしまう。考えてもわからない。というより、考えたくない。

「何かあったんだね」

声の調子がやわらかくなった。やさしい人なんだと思う。

「ううん、だいじょうぶ。ごめんね」

自分に怒っているのに、奥野さんを巻き添えにしちゃいけない。奥野さんには何の罪もない。今奥野さんと会っているこの時間をちゃんと楽しく過ごすこと。そうでなければ、ますます自分が嫌になりそうだった。

「そうだ、バッティングセンター行ってみない？」

映画館の先、8号線沿いの左側にあったはずだ。私の提案に奥野さんはびっくりしたような顔になったけれど、すぐに口元をほころばせた。

「どうしたの、急に。野球なんて興味ないくせに」

野球にはたしかに興味はない。スポーツ好きでもない。だけど、ちょっと、いつもと違うことをしてみたくなった。奥野さんとふたりで、普段ならしないようなことをするのは楽しいかもしれないと思いついたのだ。

「思い切りバットを振ったらスカッとするんじゃない？」

私がいうと、奥野さんはうなずいた。

「やっぱり。何か吹っ切りたいことがあるんだね」

吹っ切りたいこと。あるだろうか。あったような気もするし、吹っ切らなければならないほど悩んでいることはないとも思う。

「でもさ、今日はちょっと無理」

さっきよりずっと機嫌のよさそうな声で奥野さんはいった。

「どうして」

助手席から聞くと、一瞬だけこちらを見て私の足元を指差した。

「そんなヒールで?」

「あ……、ヒールじゃだめかな、やっぱり」

奥野さんは笑った。

「だめでしょ、やっぱり」

「そっか。そうだね。ごめん」

ヒールのせいで諦めたことにできてよかった。勢いでバッティングセンターなんていってしまったけれど、実際には首が痛くてバットを振れなかったんじゃないかと思う。この、首。どこも悪くないといわれるのにしくしくと痛む首。

結局、映画を観ることになった。特に観たいものがないと思っていたのだけど、奥野さんおすすめの一本がとてもよかった。私ひとりだったらきっと観ることはなかっただろう。オアフ島とカウアイ島の、雄大な自然が目に焼きついた。ホノルルしか知らなかったから、この映画を観てハワイに憧れてしまった。

奥野さんのこと、あんまり知らないのかもしれない。友人の紹介でつきあいはじめて二年になるけれど、いつもクールな人だからこんなに熱い映画が好きだなんて気づかなかった。ひととおりのことはわかったようなつもりでいても、具体的にひとつひとつ体験しないとわからないことってある。

映画がよかったせいか、その後入った映画館近くのブッフェ式のレストランでも奥野さんは終始楽しそうで、それだけで私も楽しかった。

こうやって、楽しいことだけしていられたらいいのに。

帰りがけ、奥野さんの車の助手席に乗り込もうとして、ふと思った。それじゃだめなの？　楽しいことだけしていて、いいんじゃない？　楽しくないことを誰かが私に強いているだろうか？

そう思う半面、世の中楽しいことばかりじゃないよ、とも思う。だからこそ、自分で何かをするときは楽しいことだけしていたい。――もう若くはないけど。何の才能もないし、お金もないけど。手の届く範囲の楽しいことをして暮らしたい。

そんなことを考えている自分に自分で驚いた。若さだとか、才能だとか、お金だとか、そんなものがないと楽しめない種類の楽しみなら、別にいらない。それがないから楽しく過ごせないなんて、言い訳だろう。

ドアを閉め、シートベルトを締める。

「カプチーノ、買ってく？」

奥野さんが聞いた。この町に、このコーヒーチェーンはここ一軒しかない。

「ううん、もうお腹いっぱいだから」

きっと奥野さんは前に暮らしていた町で、ここのカプチーノを普通に飲んでいたのだと思う。映画館とショッピングセンターといくつかのレストランが一緒になった敷地内の駐車場で、緑の看板を見上げる。奥野さんは次に暮らす町で、一軒しかなかったこの店を思い出すだろうか。そのとき隣にいた私のことも思い出してくれるだろうか。――それとも、もしかしたら、そのときにも私は奥野さんの隣の席にすわっているんだろうか。

私はこの町に生まれてずっとここで暮らしているから、ないものにもあるものにも気づけないのかもしれない。今夜カプチーノを飲んでおけばよかったような気がしたけれど、紺色の車はもう本屋の脇から車道へ出るところだった。

「ねえ、奥野さん。これがあったらもっと楽しく暮らせるのに、って思うことある?」

都会で暮らしていた奥野さんに、この町は足りないものだらけだろう。奥野さんはちょっと考えるような顔になった。

「時間かな。今、毎日けっこう忙しいから。あんまり会えなくて悪いと思ってる」

びっくりした。そんなふうに思っていてくれたなんて。

「ありがと」

なんとなく、もう黙っていた。不機嫌だからじゃなく、何も話さなくてもだいじょうぶなような気がしたからだ。

これがあればもっと楽しく暮らせるのに、と思うのは、現実から逃げているんだろう。なくてもいい。これがあればといつまでも思っているより、ないところから始めるほうがいい。足りないものを悔やむのではなく、受け入れてしまうほうがずっといいのだ。それがすごくむずかしいことだというのは身に沁みてわかっているけれど。

私はずっと、これがあれば、ではなく、これがなければ、と思ってきた。あの追突事故さえなければ。そうしたら私はもっとのびのびと生きられたのではないか。

あの事故で、いろんなことが変わってしまった気がしていた。鮮やかだったはずの瞳に映る景色にうすい膜が張るようになり、風に混じる季節の匂いは平坦になり、どんな音楽を聴いても身体が弾むことはなくなった。

でも、それももう決着をつけたほうがいいのだと思う。変わったのは事故のせいじゃない。首がしくしくするのは少し問題だけれど、首がしくしくする、ただそれだけのことだと思おう。そうでなければ、私はこれからも、ないものにとらわれて生きていくことになってしまう。

成績は良いほうだったけれど、早く働きたかった。大学にも特に行きたいと思えなくて商業高校へ進んだ。そこで簿記などの資格を取ること。それがこの町での就職にいちばん有利だといわれていた。でも、ほんとうはどうだったんだろう。自分よりも成績のよくなかった子が進学校へ行き、大学まで出ている。行きたかったわけではないのに、そこに何かがあったような気がしてくる。行ったことのある人にしか見えない、何かいいものが。

「ラジオつけていい?」

奥野さんの声で我に返る。

「この時間、いつもはだいたい外回りから帰る時間なんだけど、FMですごいシリアスな声のDJがとんでもないロックやパンクをかけるんだ。コメントも熱くて、ギャップがおかしいんだよ。あれ、わざとなのかなあ」

そういってラジオのスイッチを入れたけれど、いつもの番組とは違ったようだ。つけたままのラジオから、ロックでもパンクでもない音楽が流れてきた。奥野さんは信号待ちの間に周波数を確認して、

「あ、今日、土曜だった」

といって笑い、スイッチに指を伸ばした。

「待って、消さないで」

普段なら聞かないような曲。でも、気になった。どこかで聞いたことのある歌だった。

時の流れに生まれたものなら　ひとり残らず幸せになれるはず
みんな生命を燃やすんだ　星のように　蛍のように

聞いたことがある、と思うのに、いつどこで聞いた何の歌だったか思い出せない。よく響くソプラノとテノール。混声合唱曲。

光の声が　天高《そら》くきこえる　僕らはひとつ　みんなみんな

「あ」

思わず声が出た。

「ん、どうかした？」

この歌、前に更衣室で東条さんが聞かせてくれた歌だ。あのときは女声ばかりだと思ったけど、男声も入るらしい。それとも、バージョンが違うのだろうか？

彼女の涙を思い出す。あのとき、東条さんは泣いていた。泣けるということが、少しうらやましい。彼女はきっと気づいていない。毎日を適当に過ごしていると、泣くことさえルーティンになってしまう。どこかで聞きかじったようないい話で涙を流して、それですっきりしてしまう。純粋に音楽で泣けるのはそれだけ心が柔軟なのだと思う。

カーラジオからは合唱曲が続いている。

光の声が　天高くきこえる　君も星だよ　みんなみんな

ふと涙ぐみそうになって驚いた。どうして私が泣くの。悲しい歌詞でもないのに、物悲しいメロディーでもないのに、どうして。東条さんの泣き顔がうつったのだろうか。

そういえば、あの子は今日みたいなお休みの日はどうしているのだろう。休日に会える相手がこの町にいるだろうか。この曲を聴いてこの町へ来ようと決めたといっていた。ちゃんと話を聞けばよかった。うやむやになったままだ。きっとうまくやっているだろうと、あの子を見ないようにして通り過ぎてしまった。

首が――いや、胸がしくしくと痛む。とくとくと波打っている。何かを思い出そうとしている。いつだったか、誰だったか。誰もが私のことなど見ないで通り過ぎていく中で、誰かがこちらを振り返った。振り返ってくれたおかげで、私はなんとか顔を上げることができたのではなかったか。

「どうかした？」

信号待ちの運転席から奥野さんがこちらを見ている。

「菜生ちゃん？　顔色悪いよ」

ううん、と首を振るので精いっぱいだった。

いつだっけ、なんだっけ。そして、あれは誰だったんだろう。

「やっぱり、今日はなんだか変だな」

ううん、ともう一度首を振る。

「そんなことないよ、楽しかった。ちょっと疲れてるだけ」

できるだけ明るい声で答えると、奥野さんはもう何もいわなかった。家のすぐ近くで降ろしてもらい、手を振って別れた。テールランプが左に折れて見えなくなるまで見送った。奥野さんがバックミラーに私の姿を映してくれていたかどうかはわからない。

ひとりの部屋で、ネットで検索した。コスモス。あの合唱曲の後でアナウンサーが紹介した曲名は、「コスモス」だった。可憐な秋の花の名前と曲のイメージが結びつかなかったけれど、たしかにそういっていた。コスモス——あった。コスモス、秋桜、ＣＯＳＭＯＳ。どのコスモスだろう。

それらしいものをいくつかクリックして、やっとたどり着いた。コスモス。「ＣＯＳＭＯＳ」というのが正しいタイトルらしい。

静かなピアノの前奏が部屋に流れ出す。

　夏の草原に　銀河は高く歌う
　胸に手をあてて　風を感じる

合唱曲だけど、冒頭はすべての声がひとつのメロディーを歌う。そのせいだろうか、普段は合唱曲など聴くこともない私でもすっと音楽に入っていける。

君の温もりは　宇宙が燃えていた遠い時代のなごり　君は宇宙

気がつくと、涙が流れていた。思い出してしまった。「君の温もり」。振り向いた顔。ミチルだ。ミチル――私の妹。

歳離れて生まれたミチルは生まれつき臓器の機能不全で、長くは生きられないことがわかっていた。春に生まれ、結局一度も病院から出られないまま冬に亡くなった。

同じ月齢の赤ん坊の何分の一もミチルは発達していなかった。保育器の中でずっと寝ていて、感情を表現することもほとんどなかった。それなのに、ある日、ミチルは笑った。衝撃だった。十歳だった私の胸に鋭い痛みが走った。胸を刺す痛みのような悲しみに、打ちのめされそうだった。

笑うところなど見たくなかった。うれしいとか、楽しいとか、感じないでくれればいいと願った。そうしたら、悲しいとも感じないだろう。うれしいことも楽しいことも知らず、だから自分の境遇を悲しんだり嘆いたりすることもなく、ミチルは去る。そう思ったほうが、心穏やかでいられた。ミチルの笑顔は平静な世界を壊す。

だけど、彼女は笑った。家族で見舞った気配がわかったのだろうか。ほとんど見えていないはずの目を開けて、たしかに笑った。

その帰りだ。車が事故に遭ったのは。

小さな追突事故とはいえ、あまりにも軽く、まるでなかったことのように事故が処理されて唖《あ》然《ぜん》とした。父と母の目に私は映っていないみたいだった。たぶんほんとうにそうだったんだろう。父や母の気持ちはそこになかった。妹が笑った。そのことに引きずられていた。

ミチルが亡くなってから、誰もミチルの話をしなかった。話しようがなかったのだ。生まれてからずっと病院で過ごした赤ん坊。起き上がることも、言葉を発することもなかった。両親と祖父、それに私。誰の上にもミチルの死は静かに降り積もって、気づかないうちに私たちはその重みで口がきけなくなっていったみたいだった。

首がしくしく痛むのは、語られることのなかった妹のせいだろうか。事故と一緒に彼女を思い出すから？　彼女が笑ったことをよろこべなかったから？　病気の彼女にばかり気を取られて、誰も私を気にしてくれなかったから？　それとも、彼女の死をきちんと悲しまなかったから？

わからない。わからない。

どうして今夜、こんなことを考えてしまったのかもわからなかった。奥野さんのせいか、コスモスという歌のせいなのか。

ミチルのことは考えないように、思い出さないようにしてきた。心が固まってしまうからだ。妹が生まれてから私は一度もわがままをいわなかったと思う。亡くなったときより、亡くなることがわかったとき、心の中が真っ暗になるくらい悲しんだ。――でも、悲しみ足りなかったのかもしれない。

葬儀の後、誰も笑わない家の中で、私は無理をして笑った。このまま誰も笑わなくなってしまいそうだったから。菜生ちゃんがいてよかったがの、と親戚のおばさんになぐさめられる父を見て、ますますはりきって笑った。ひとりで蒲団《ふとん》に入ってから、泣いた。泣いて、泣いて、気がついたらミチルがいた。だから、きっと夢だ。夢の中で、ミチルは私を振り返ってほほえんでいた。妙にくっきりと、その笑顔が残っている。病院で見た笑顔とは違っていた。そもそも実際のあの子は振り返ることもできなかったのだ。

すぐに人生から去らなければならない赤ん坊のミチルに感情があることを受け入れられなかった。不憫すぎると思った。ミチルの笑顔は私の胸を抉《えぐ》った。それなのにどうしてあの子は夢の中でまで笑っていたのだろうか。

床に膝を抱えてすわり、手の甲で涙を拭いながらユーチューブのコスモスを繰り返し再生する。首も、肩も、背中も、胸も、しくしく痛んでいる。合唱曲はこんなにも美しいのに。

時の流れに生まれたものなら
ひとり残らず幸せになれるはず

ほんとうだろうか。生まれたものはひとり残らず幸せになれるのだろうか。

携帯を開く。アドレス帳から名前を探す。た、ち、つ、て、と、——東条。よかった。会社の連絡網に東条さんのアドレスも登録されていた。

この歌を聴いて泣いた東条さんと無性に話したかった。彼女の話も聞きたかったし、私の話も聞いてほしかった。ずっと記憶の底に眠らせていた、私の話。

土曜の夜だというのに——土曜の夜だからか、東条さんは家にいたらしい。すぐに携帯に出た。

「こんばんは」

電話をしたのは初めてだったのに、さほど驚いた様子もない。いつものかわいらしい声で挨拶してくれてほっとした。

「——もしよかったら、少し話せないかと思って」

率直に切り出すと、

「何かあったんですか」

電話の向こうで少し戸惑っているのが伝わってきた。無理もない。一方的に電話をかけたのだ。

私はいったいどうしちゃったんだろう。そう思うけれど、もしもどうかしちゃったのだとしても、どうしても東条さんと話したかった。

「コスモス、聴いたよ」

ああ、とか、ええ、とか、よく聞き取れない返答があった。

「そうしたら、すごく大事なことを思い出せたの。どうもありがとう」

「それはよかったです」

「東条さんはあの歌を聴いて、この町へ来ようと決めたっていってたでしょう。その話、聞かせてくれない？」

少し、間があった。

「覚えていてくれて、うれしいです。でも、あの、そんなにたいした話でもなくて、ええと、どうしましょう」

ほんとうに困っている子供みたいな声だった。二十歳って若いんだな、とあらためて思った。自分がその年齢のときは気づけなかったけれど。

「明日、忙しい？　一杯だけお茶しながら話さない？」

なるべく軽い感じで誘ったつもりだ。自分が二十歳のとき、二十八歳の先輩がどんなふうに誘ったとしても、あまり軽くは聞こえなかったことを思い出しながら。

「ぜんぜん忙しくないです。何杯でもお茶できます」

ふざけているんだか、まじめなんだかわからない調子で東条さんがいった。

走り慣れた通りを北へ向かって左側、歩道橋を越えてすぐのあたり。気をつけていないと通り過ぎてしまいそうな、古い民家風の店。そこがこの町でいちばん好きなカフェだ。

休日に会う東条さんは、会社で会うよりもっと華奢であどけなく見えた。白いカットソーに、ふんわりした水色のスカートをはいている。

「日曜日に人と会うのは久しぶりです」

東条さんは運ばれてきたコーヒーをひとくち飲んでにこにこしながらいった。

「じゃあ、いつもの日曜はどうしてるの」

なにげなく聞いた。

「なんにもしてません。できるだけ自堕落に過ごそうと心がけています」

にこにこと、恐ろしいことをいう。まじめそうなこの子がいうと、自堕落という言葉も別の新鮮さを伴って聞こえる。それで、と彼女は続けた。

「それで、何だったんでしょう」

「何って」

「大事なことを思い出した、っていってましたよね。どんなことですか」

コスモス。妹の笑顔。追突事故。首の痛み。二十歳の、屈託のなさそうな笑顔を見たら、どこから話せばいいかわからなくなった。とっくに亡くなった妹の話をして、この子のせっかくの日曜を曇らせたくない。

「うん、東条さんの顔を見てたら、なんだかもう私の話はどうでもよくなっちゃった」

正直な気持ちだった。

すると、東条さんは笑顔のまま鞄からiPodを取り出し、私にイヤフォンの片割れを差し出した。ふたりでひとつずつ耳に差す。音楽が流れ出す。

夏の草原に銀河は高く歌う
胸に手をあてて風を感じる

流れてきたのは、やっぱり、あの曲だ。やさしいピアノの前奏。斉唱で始まる合唱曲。ただし、ラジオで聞いた混声合唱ではなく、もっと若々しい女声ばかりの合唱だった。あのとき、更衣室のロッカーの前で聞かせてくれたものだと思う。すごくうまいというわけではない。ただ、勢いがあって、情熱があって、胸を震わせる何かがたしかにあった。

時の流れに生まれたものなら
ひとり残らず幸せになれるはず

閉じていた瞼《まぶた》の裏に、ミチルの笑顔がよみがえった。封印してきたあの笑顔。私は思わずイヤフォンを外していた。

「ひとり残らず幸せになれる、ってほんとうだと思う？」

すぐ目の前の、まだイヤフォンを耳に差したままの東条さんに聞く。

「そんなことはないと思わない？」

重ねて聞いた。ほんとうは、聞かなくたってわかっている。みんながみんなしあわせにはなれないことなんて子供の頃から知っている。ミチルが教えてくれたのだ。

東条さんはそっと音楽を止めた。躊躇《ちゅうちょ》していたはずなのに、私はミチルのことを話しはじめていた。ごく簡単に、だけど、笑ったことも隠さずに。保育器の中で彼女が笑ったこと、夢の中でも笑っていたこと。私は彼女の笑顔を思い出すと混乱してしまうこと。それだけ話しても三分もかからない。話してしまえばたった三分のことに、私の人生は引きずられてきた。

「その、笑ったとき」

私の話が終わるのを待って、東条さんは静かな声でいった。

「ミチルちゃんはしあわせだったと思います」

私は首を横に振る。しあわせだったはずがない。

「少なくとも、しあわせだったと思ってほしかったんだと思います」

東条さんは言葉を選んでいい直したけれど、よく意味がわからなかった。

「それは、ミチルが？　ミチルが私たちに、しあわせだったと伝えたかったってこと？」

東条さんがうなずく。

「長いか短いかには差があるけど、あとは私たちだってそんなに変わらないんじゃないですか」

「何が？」

「私たちだって、遅かれ早かれ、つらい思いをして死ぬんじゃないですか」

落ち着いた声でいわれて、驚いた。少し不快でもあった。

「死ぬのは同じだけど、つらいとは限らないでしょう。楽しいことだっていっぱいあるでしょう」

「それなら、ミチルちゃんだってつらかったとは限らないです。おとうさんやおかあさんやおねえさんに愛されて、囲まれて、死んでいけるなんて、私はミチルちゃんは決して不幸じゃなかったと思います」

今度は私が黙る番だった。そうだろうか。ミチルは不幸ではなかったんだろうか。

「だから、ミチルちゃんは笑ったんだと思います。おねえさんの夢にまで必死で出てきて、そこできっと渾身《こんしん》の思いで笑ったんだと思います」

なんだか、と私は口の中でいった。

なんだか、過去を書き換えているみたい。あのとき、ミチルは笑ってくれた。私たちを救おうとして。――そう思いはじめている。光を感じている。でも、過去を塗り直し、生き直しているみたいな、ちくりとした後ろめたさも感じてしまう。

「記憶を改ざんするみたいで、ミチルに悪い気がする」

子供じみた意見だと自分でも思う。ミチルがしあわせだったとしたら、怖い。ミチルの亡くなった後、息をひそめるようにして暮らしてきた私たちが否定されるようで。

「改ざんするんじゃないと思います。現実が悲しすぎて、押し潰されそうで、きちんと捉えることのできなかった時間を、今、あらためて見直すだけです。罪悪感を抱くようなことじゃないです。ミチルちゃんにも、自分自身にも」

大人びた口調にはっとした。シュークリーム。この子を初めて見たとき、シュークリームのようだと思ったのだ。ふわふわしていて、甘くてかわいくて。でも、中に詰まっているのはクリームばかりではなかったみたいだ。

ミチルが生きていれば、と考えたことはなかった。たぶん、ないものねだりだ。ないものをほしがっても与えられないとわかっていたから、裏返した。ミチルが生きていれば、と願うのがつらすぎるから、首の痛みがなければ、と誤魔化した。ほんとうに痛いのは首じゃないのに。もしかしたら、いつのまにか主語まで転換してきてしまったのかもしれない。ミチルがしあわせだったかどうかより、自分がしあわせかどうかが大事なんじゃないか。ミチルは、自分はしあわせだったと精いっぱい伝えてくれようとしたのだから。

風が吹いたような気がした。コスモスの歌詞にある「胸に手をあてて風を感じる」の「風」は、今、私の前にいる東条さんだったのかもしれない。

「東条さんの話も、聞かせて」

「私の話は、たいしたことないです」

東条さんは昨夜と同じ台詞を繰り返した。そうして、しばらく口を噤む。お店の人がグラスの水を注ぎにきてくれて、私たちは黙ったまま冷たい水を飲んだ。

「君も星だよ」

「え」

聞き返すと、東条さんが恥ずかしそうに目を伏せた。

「君も星だよ、っていうところがあるでしょう」

「ああ、コスモスに」

さっき聴かせてもらったばかりの歌が耳によみがえる。

光の声が　天高くきこえる　君も星だよ　みんなみんな

「あちこちに散らばっていた私の欠片《かけら》が、この歌でひとつにまとまった感じがしたんです」

散らばっていた欠片。あるときそれがパズルのようにぴたっと合わさる瞬間が来る。

歌が導いてくれる。メロディーや歌詞、それにリズムや響き。そういうものが媒介になって、思いがけない記憶を引き出してくれることが私にもしばしばあった。

君も星だよ

歌だから、届いた。意外な強さで、私の中のどこかを打った。鼓膜を震わせ、三半規管をくるくるさかのぼったのは、合唱曲というよりもひとつのコスモス、ひとつの宇宙だったような気がする。

「あの歌、高校三年のときの合唱コンクールで歌ったんです」

「じゃあ、もしかして」

iPodに入っていたのは、そのときの録音だろうか。

「あの中に東条さんの声も混じっているのね」

合唱コンクールだなんて、懐かしい単語だ。あまりまじめに歌った覚えはない。中学の思い出だか高校の思い出だったか、もうよく覚えていないくらいだ。ただ、合唱コンクールと聞いたときの、うっとうしいような、照れくさいようなくすぐったさは、悪いものじゃない。

「私、ずっといい子だったと思います」

東条さんは淡くほほえんだまま いった。

「いい子でいなきゃいけないと思ってました。いい子でいるからしあわせに暮らせるんだって、二十年間、ずっと」

いい子であるというのは、この子の大きな特長だ。職場での働き方を見ていてもわかる。大事に育てられ、きちんと躾けられてきた人という印象がある。

でも、それがつらいときもあるのだろう。いい子でなければしあわせになれないというのは、強迫観念に似ている。

「君も星だよ、っていうところを歌っているとき、どきどきしていました。ひとりひとりが星なんだ。それってすごいことじゃないですか」

うん、とうなずいた。

「私、養女なんです」

表情を変えずに東条さんはいった。あまりにもさりげなくいうので、なんと答えていいのかわからない。やっぱりうなずくしかなかった。

「幼い頃、シングルマザーだった母は私を置いて出ていってしまったそうです。私は児童養護施設に預けられ、その後、今の両親に引き取られました」

できるだけ落ち着いて話を聞こう。どんな話でも受けとめよう。同じ歌を聴いて、私たちの時計は動き出したのだから。

そう思ったけれど、顔がこわばっていたみたいだ。

「清水《しみず》さんはいい人ですね」

むしろ私に同情するような目で、東条さんがこちらを見ている。

「でも、だいじょうぶです、つらい話じゃありません。引き取ってくれた養父母はとてもいい人たちで――」

そこまでいって、唐突に言葉を切った。

「いい人たち、だなんて、私、今、すごくびっくりしています」

「どうして？」

反射的に尋ねてしまった。ほんとうは、いい人たちじゃなかったのかもしれないのに。それを、この子の口からいわせたくはないのに。

「いいえ」

東条さんは私の疑問を読んだかのようにゆっくりと首を横に振る。

「ほんとうにいい人たちです――あ、ほら、やっぱり、びっくりしちゃいます。実の親以上によくしてくれて、大事に育ててくれて。それなのに、いい人たちだなんて突き放したような言い方をしてしまう自分に驚いています」

そういったかと思うと、みるみるうちに目に涙が溜《た》まった。

「ちょっと、あやちゃん、泣かないで」

幼い女の子みたいにぽろぽろと涙をこぼすので、急いでハンカチを差し出した。

「実の親子だって、普通にいうから。あの人たち、っていったり、いい人たち、っていったり」

そうだ、あの人たち――うちの両親もいい人たちだったのだ。私はいい子でいる必要もなかった。ミチルが死んで、ひとり残された子供としては、もっといい子になろうと努めてもおかしくなかったはずだ。でも、私が首の痛みにかこつけて自分のことにかまけていられるのは、家族がいい人たちだったからではないか。

東条さんは、親子らしくふるまおうとして、距離感がつかめなくなってしまったのかもしれない。いい人たち、と呼んで何の問題もないのに。

「すみません、話がずれました」

弱々しい笑顔をつくり、すっかり冷めてしまったコーヒーに手を伸ばす。

「短大に入った年の夏休みに、初めてひとりで旅行したんです。京都から金沢へ行くつもりでした。でも、特急に乗って窓から景色を眺めていたら、急に気が変わりました。窓の外の何かに呼ばれたような気がしたんです。まだ金沢まで一時間もあったのに、あわてて次の駅で降りました」

「その駅っていうのが」

「はい。ここでした」

それほどに魅力的な景色だったのだろうか。いったい何がこの子を呼びとめたのだろう。

「一泊二日でしたけど、なんだか故郷へ帰ったような気持ちになりました」

つまり、田舎ということか。原風景を見たような気持ちになったのかもしれない。そう考えてから、もしかして、と思う。施設に引き取られる前に、この町で暮らしていた可能性も、あるだろうか。東条さん本人が覚えているかどうかも定かではないけれど。

「でも、東京に帰って養父母の顔を見たら、そんなことはいえませんでした。旅程を変更してまで知らない町で過ごしたことは黙って、また元の暮らしに戻りました」

「それで、どうしてやっぱりここへ来ようと決めたの」

不思議に思って聞いた。話がどこでどうつながるのかまだ見えない。

「あのコスモスを聴いたからです」

「え、だって、聴くより前に合唱コンクールで歌ったんでしょう」

「ええ。何度も歌いました。私たちが、君も星だよ、って語りかける側だったんです」

ああ、なるほど、そういうことか。

「歌詞の意味もちゃんと理解していたつもりでした。でも、ずいぶん後になって、焼いてもらったCDを聴いたとき、初めてほんとうにわかったんです。君も星だよ、って私がいってもらってたんですね。それも、大事な仲間たちに」

「大事な仲間？」

思わず聞き返した。

「高校の頃の友人たちは大事な仲間です。この歌も、あの子たちと歌ったから届いたんだと思います」

東条さんは恥ずかしそうにちょっと頬を赤らめ、それからはしゃぐような声になった。

「同じクラスに天才的な指揮者がいたんです」

「男の子？」

「いいえ、女の子です。彼女はもともとは歌う人なんです。素晴らしい歌い手。でも、指揮もすごくうまい。彼女がいたから、私たちのコスモスは完成したんだと思っています」

私たちのコスモス——たしかに、私たちの、というだけのことはある。

「それと、これも後で気づいたんですが」

東条さんは小さな声で続けた。

「クラスのリーダーが、ひかりっていう名前だったんです。それで、ほら、『光の声が天高く聞こえる』って。ああ、ほんとうだ、ひかりの声が聞こえる聞こえる、って思ったら、『君も星だよ』といわれて、胸にすうっと入ってきました」

いい指揮者がいて、いいリーダーがいて、いい仲間がいて。でも、それだけじゃない。あのコスモスには東条さん自身の声が、叫びが、思いが、詰まっているからこそ胸に飛び込んだに違いなかった。

「星なら、いいか。そう思いました。星ならもっと自由に生きてもいいんじゃないか。血のつながりのない私を引き取って短大まで出してくれた養父母を置いて家を出るなんて考えられないと思ってたけど、星ならいいか、って」

今向かいの席にいる東条さんはさっぱりとした笑顔だ。でも、その陰にどれだけの涙や葛藤があったことか。きっと、迷いに迷った末の決断だったのだ。星なら、いいか。少し強引に、そう思って踏ん切りをつけたに違いない。

いつか、他の誰でもない自分が生きていくことの価値に気づく。そのきっかけがコスモスだったんだろう。あれがなければ、これがあったらと悔やむのではなく、そのままの状況を踏み切り板にして、できるだけしなやかに跳ぶ。――私もそうありたい。

「過去の自分から未来の自分へメッセージが届くなんて、すてきだね」

私がいうと、東条さんはまた恥ずかしそうに笑った。

君も星だよ

もしかしたら――。もしかしたら、私も星なんだろうか。私も宇宙なんだろうか。そうして、遠い誰かとも、もちろんここにいる東条さんとも、どこかでつながっているのか。

「どうかしました？」

聞かれて気がついた。私は笑っていたらしい。

「ううん、なんでもない。ただ、ちょっと楽しくなったの」

答えると、東条さんは不思議そうな顔で私を見た。

「あのね、東条さん」

グラスのお水を飲みほしてからいった。

「せっかく来たんだから、よかったらこれから私がこの町のいいところを少しずつ案内しようと思うんだけど、どうかな」

「ありがとうございます」

東条さんは笑って、テーブル越しにこちらへ身を乗り出すようにし、小声でいった。

「できれば、あやちゃんのままのほうがいいです」

「え」

「さっき、あやちゃんって呼んでくれましたよね」

「ええっ」

迂闊《うかつ》だった。気持ちは一気に近づいたけど、まだ「東条さん」のつもりだった。

「呼んでないよ」

「呼びましたよ」

「呼んでないよぅ」

最後はふたりで笑った。


夜、奥野さんと会った。

いろんなことを話したかった。

君も星だよ

そう伝えたかったのもある。そのまま言葉にする勇気はないけれど、奥野さんがいつも私の胸に瞬《またた》いている星だっていうことを、ちゃんと伝えられたらいいなと思う。

静かな音楽が流れるバーで、私は奥野さんにあやちゃんの話をした。あれからふたりで行った町の名勝のこと、藩主の別邸だったといわれる館の縁台で、きらきらと水面を光らせた池を見ながら他愛もないおしゃべりをしたことなんかを話した。

奥野さんはときどき相槌《あいづち》を打ちながら、穏やかに聞いてくれた。

そういえば、奥野さんもあんまりこの町を知らないのだろう。ここに転勤してきて二年になるけれど、忙しくてどこにも行けていないと思う。今度は私がプランを練って、誘ってみようか。

「今度、私がこの町のいいところを案内するね」

あやちゃんにいったのと同じことをいってみる。

「ほんと？　それは楽しみだな」

笑顔になった奥野さんを見て、それだけでもう、うれしくなっている。この人と、この町を歩きたい。この人に、どんな歌が流れているのか、どんな物語があるのか、少しずつ聞いていきたい。

グラスの中の氷を見ていたら、ふと、コスモスの歌が耳の中に流れた。

そうだ、私がいちばん気になったのは、君も星だよ、のところじゃなかった。

ひとり残らず幸せになれるはず

あのとき涙があふれたのは、幸せになれるはずなのになれなかったミチルのことを思い出したからだった。

「ねえ、奥野さん」

ちょっと言葉を選んだ。

「しあわせにって誰でもなれるのかな」

果たして奥野さんは首を傾げた。

「むずかしいこと聞くなあ」

それはそうだ。突然そんなことを聞かれたら返答に困るに決まっている。

「じゃあ、質問を変えるね。私たちはひとりひとり、生まれてきた意味があると思う？」

まるで青くさい中学生みたいだと自分でも思う。生まれてきてもしあわせにはなれないのか、生まれてきた意味はあるのか、あの日からずっと考えてきたような気がする。私たちにはひとりひとり生きる意味がある。そう思いたいけれど、素直に信じることができなくなってしまった。

むずかしい顔をしていた奥野さんの口元がやわらかくほころんだ。

「生まれてきた意味なんて、ないよ。俺はそう思ってる」

思いがけない言葉だった。

「それじゃあ生きるのもむなしいね」

そう返すのが精いっぱいだ。

「そうかな？　俺たちは、意味もなく生まれてくるんだと思うよ。意味もなくもがいて、意味もなく死んでいくんだ」

私は何度か瞬きをして、目の前の人をよくよく見た。奥野さんの顔をして、奥野さんの声をした人が、何かよくわからないことを話している。意味もなく生まれて死んでいく私たち。それは、もしかしたら事実かもしれない。でも、事実じゃないかもしれない。だって、私と奥野さんがこうして出会って、時間を見つけてはときどきふたりで過ごすことにも何の意味もないなんて、考えるのはさびしい。さびしすぎる。

「だから、いいんだ」

冷たい地酒をひとくち飲んで、奥野さんはやっぱり笑顔だった。

「何がいいの？」

「好きなように生きればいいってこと。誰かのために、何かのために、って考えなくても、どうせもともと意味なんてないんだ。自分がいいと思うとおりに生きればいいと俺は思うよ」

意外だった。そんなふうに考えていたなんて、知らなかった。

「えっと、つまり」

私は頭の中で奥野さんの言葉を反芻《はんすう》する。

「生まれてきた意味は、自分で好きなようにつくればいいってこと？」

「そうだよ。意味なんて、後からつければいいんだ」

　光の声が　天高くきこえる

「おいおい、菜生ちゃん、どうしたの」

奥野さんが慌てている。いきなり私が小さな声で歌い出したからだ。

　君も星だよ　みんなみんな

ほんとうは、奥野さんも星だってことをこれからゆっくり態度で伝えるつもりだった。でも、歌ってしまった。

「ちょっと、菜生ちゃん、もしかして酔ってる？」

「はい、酔ってます。でもね、君も星だよ、ってとこ、歌いたかったの。わかった？」

「わかったわかった」

奥野さんが私をなだめるように腕を伸ばし、背中をぽんぽんと叩く。

なんとかして私たちがしあわせになればいい。少しずつでも、うまくいかなくても、しあわせに近づけばいい。意味なんて後からついてくる。

「あのね、私たちはみんな星なんだよ」

「わかったわかった」

困ったような笑顔で、奥野さんがうなずいている。

私たちは宇宙の名残りだ。遠いどこかで、息がかかるほど近くで、きっと響きあうことができるだろう。

V　Joy to the world

育ちがよすぎる、といわれて思わず聞き返した。

短い言葉の中に何か不穏なものが混じったような気がした。不穏、あるいは不吉な何か。

「何の話ですか」

机の上の書きものに目を戻しかけていた仁科《にしな》さんは、その大きな目をふたたびこちらに向けた。

レッスンの後、事務所に呼ばれた。昨日のオーディションの結果が出ているはずだった。

七緒《ななお》に決まったわ、と彼女はいった。

「ああ、そうですか」

そのときの私がどんな顔をしていたかはわからない。ただ、反射的に、笑顔になったか、少なくとも笑顔を浮かべようとはしていたと思う。私が選ばれなかったのはこの人のせいじゃない。だから、ここで怒ったり泣いたりするのは違う。笑顔にまではなれなくても、とりあえず知らせてくれたことに対してはお礼をいうべきだ。

「ありがとうございました」

お辞儀をして、そのまま踵《きびす》を返そうとしたとき、仁科さんがいったのだった。

「千夏。あなたは育ちがよすぎるの」

意味がわからなかった。話の流れから突き出た杭《くい》のような言葉に感じた。

「何の話ですか」

聞き間違いではないか。

しかし、仁科さん——劇団の制作であり、主宰者の妻であり、少し前まで看板女優だった人——は、あっさりと繰り返した。

「あなたの弱点は、育ちがいいこと。育ちがいいから天真爛漫《てんしんらんまん》になるの。屈託が感じられないのよ」

外部の舞台のオーディションを受けていた。うちの劇団の公演は、年に二、三回、多い年でも四回までだ。それに重ならなければ、どこのどんな舞台に出てもいいことになっている。劇団を通して紹介されたり斡旋《あっせん》されたりすることもある。

昨日のオーディションは、ここ一、二年で急に脚光を浴びはじめた若い演出家の新作だった。主演に絡む、かなり大きな役で、劇団から推薦を受けてのオーディションだった。早瀬《はやせ》七緒と私、他劇団からも何人かが受けていたものの、今回は期待できるとひそかに思っていた。型破りな中学教師の役だった。七緒は正統派の美人で、うちの劇団では若手のトップだろう。働きながら稽古に通う団員が多い中、現役の女子大生でもある。かなりの難関大に通いつつも稽古を休んだことは一度もなかった。幼い頃からバレエと声楽を習ってきたといい、演技力も高い。どんな役でもこなすけれど、良くも悪くもそつがない。型破りな、という形容詞に私は望みをかけた。

七緒に決まったわ。

育ちがよすぎるのよ。

実のところ、何が私を打ちのめしたのかわからない。育ちがいいのは七緒のほうだ。そう思うことすら苦痛だった。

「とにかくあなたは殻《から》を破らなきゃ。この先もずっとその育ちのよさにとらわれることになるわよ」

笑おうと思ったけれど、笑えなかった。頬の筋肉が引き攣《つ》れただけだった。

育ちなどよくありません。そういえばすっきりしただろうか。歌唱力にもダンスにも自信がないからお行儀がよくなってしまう。殻を破らないのではなく、破れないのだ。育ちとは関係がないといってしまいたい。けれども、関係がないわけはなかった。

実家は小さなうどん屋だ。金銭的には恵まれなかった。地元の小学校に通っていた頃、給食費が免除されていた時期もある。決して恥ずかしいことではないと自分にいい聞かせてはいたものの、誇れることではなかった。友達にばれないか、いつもひやひやしていた。

そんな暮らしだったから、習い事をする余裕などなかった。歌も踊りも芝居も、小さい頃から身につけてきた人とは違う。触れることすらなかったのだ。それを言い訳にしたくない。あの頃、口には決して出すまいと思いながら憧れてきた育ちのよさを、皮肉にも今さら持ち出されるとは。

「欲しいものには貪欲《どんよく》に手を伸ばさないと、いつまでも次点よ」

窓を背にした仁科さんが私を見据え、空虚な気持ちで私はその視線を受け流す。この人にはわからないのだ。手を伸ばせば届く場所ばかりではない。こんなに手を伸ばしている人間にそれをいうのは意味がないし心がない。

返事のしようがなかった。私は黙って会釈をし、その場を離れた。

育ちがいいというのが、裕福に育てられたというのと同義ではないことはわかる。お金がなくても愛情に恵まれて育てば、それはある意味では育ちがいいといえるだろう。でも、たぶん、そういう話ではない。仁科さんが指摘しているのはつまり私にハングリー精神が見えない、がつがつしたところがない、ということなのだ。

落胆よりも怒りのほうが、怒りよりも戸惑いのほうが、戸惑いよりも落胆のほうが大きい感じがした。足下がふらつくようだった。

事務所の入っているビルを出て、人通りの少ない道を駅へと向かう。この時間になると車の往来も少ない。暗くてよかった。人も車も少なくてよかった。歩きながら、よかった、と口に出してみる。たぶん、よかったのだ。受からなかったということは、受からないほうがよかったということなのだ。理屈にもならない理屈で自分をなだめてみる。足が重い。駅までの道のりが、遠い。

仁科さんに人を見る目がないのだろうか。それとも、私はほんとうに育ちがいいように見えるのだろうか。暗い道を歩きながら、不意に吐き気がこみ上げる。見る目がないなどと他人のせいにするのは容易だ。あの演出家に見る目がないから。誰も私のよさに気づかないから。でも、他人のせいにしようとすると吐き気がする。私は一生このままか、このままでいることもむずかしくなってずるずるとずり落ちていくのではないか。

吐き気をこらえて、駅から地下鉄に乗った。乗り換え駅で降りたところで動けなくなった。吐き気がし、足は重く、立ちくらみがした。奥歯がみしっと鳴った。知らず知らずのうちに歯を食い縛っていたらしい。

オーディションに落ちるなんてざらだ。そのたびに挫《くじ》けていたら、歯が何本あっても足りない。どんどん欠け、抜けていってしまうだろう。そう思うのに、奥歯がみしみしと音を立てている。足は前に出なくなってしまった。

過呼吸にならないように、ゆっくりと息を吐き、息を吸う。足早に通り過ぎる人々にぶつかりそうになりながら、なんとかホームの端のベンチに移動する。ゆっくりと息を吐き、吸う。何か楽しいことを、元気の出るものを。必死に考えても、脳が空回りする。

何も浮かばなかった。行きたい場所もなければ、会いたい人もいない。食べたいものもないし、見たいものもない。ベンチに深々とすわって、薄目を開けて行き交う人たちを見る。人波に酔ってしまいそうだった。

このままどこかへ行ってしまいたい。そう思ったけれど、どこかなんてない。どこかという場所にはちゃんと名前がついていて、私を待っていてくれるどこか、私を受け入れてくれるどこかなど、どこを探してもないのだ。

ベンチの前をたくさんの人が通り過ぎる。こんなにも多くの人に行く場所があるということに軽い衝撃を覚える。みんな、ちゃんとしている。私が漫然と捉えていたよりも、みんなちゃんとしている。私だけが取り残される、という感覚に浸りそうになったけれど、それはそれでいいと思った。みんながちゃんとしていてくれれば、私ひとりくらいベンチで休んでいてもだいじょうぶだろう。みんな、家に帰って。行くべき場所へ行って。私はここでもう少し休んでいくから。

アパートに戻る気にはなれなかった。今朝、意気込んで玄関を出たときの、その意気の残骸《ざんがい》が残っているような気がした。あの、少しの恐れと、かなりの期待と、それでもやっぱり不安と、いいようもない緊張と。そんなものを胸にしまって、部屋のドアを閉めた、あのときの押し籠《こ》めたつもりで胸からこぼれてしまったものの残滓《ざんし》がまだ玄関あたりでうろうろしているような予感がある。とてもそんなところに戻っていく勇気はない。

なんだかとても疲れてしまった。疲れたなんて、言葉にして思うのは私にはめずらしいことだ。疲れたといわないようにしているのではなく、あまり疲れを感じない性質なのだと思う。だけど、今日のはこたえた。

ベンチにすわったまま目を閉じる。とたんにホームの雑踏が遠ざかる。自分がどこにいるのかわからなくなる。どこにいて、何をしているのか、これから何をやろうとしているのか、見当もつかない。

どうせ、何もできない。

思ってもみなかった声が頭の中で響いている。どうせ、何もできない。何かをしようとしていたのはいつだったろう。今朝？　今朝はまだ、いつものようにバイトに出かけ、夕方から発声のレッスンに行き、それから事務所に寄ろうと考えていた。平和だった。オーディションの結果は気になっていたけれど、合否で一喜一憂するのはやめようと思っていた。何かをしようとは特に考えていなかった。

じゃあ、いつだろう。何かをしよう、何かをしたい、と強く願っていたのは。遠い記憶がよみがえりそうになったとき、耳元で誰かの声がした。

「だいじょうぶですか」

それが自分に向けられていると気づくまでにしばらく時間がかかった。目を開けると、少し離れたところから、サラリーマン風の男の人が心配そうにこちらを見ている。

「すみません、あの、なんともありません」

慌ててお辞儀をした。具合が悪くてベンチでぐったりしているように見えたらしい。そんなに顔色が悪いだろうか。それとも、つらそうな表情だったのか。

男の人は、気になるようでしばらくこちらを見ていたけれど、やがて人波に紛れて去っていった。三十代後半、いや、まだ半ばだろうか。髪は黒々としているが、生え際が少し後退していた。スーツはごく普通のグレーで、中のシャツも淡いグレーだった。ネクタイだけが茶系で、あまりスーツと合っていなかった。きっとあのネクタイは誰かからのプレゼントだったんじゃないかな。奥さんか、恋人か、もしくは――。

いつのまにかさっきの人のことを想像している。何にも興味を感じられない気分だったのに、あの人がどんな人で、これからどこへ行くところで、どういう状況で私を心配してくれたのか、考えはじめている。

まったく、あきれてしまう。気づけば役づくりの準備をしている。芝居の勉強を始めてから、人を観察し、その人の仕種《しぐさ》や言動を想像する癖がついてしまった。そんなことより、きちんとお礼をいえばよかった。

もう夜も十時半を過ぎている。ホームのベンチでいつまでも目を閉じてすわっていては、たしかに不審だ。ここで何をしているのか、体調が悪いのか、電車に乗るのか乗らないのか、劇団員でなくても気になるのもわかる。

「さて」

小さな声でいってみる。さて。これから。どうしよう。

相変わらず何も思い浮かばなかったけれど、このままここに居続けるわけにもいかない。バッグのポケットからウォークマンを出して、イヤフォンを耳に差す。千曲近く入っている中からシャッフルで、私の得意な曲がかかったら勇気を出してアパートへ帰ろう。私には歌えない歌がかかったら、別の勇気を引っ張り出して実家へ行こう。あの家で少し休ませてもらって、力をためよう。そう決めて、再生ボタンを押す。

ベンチから立ち上がるのと同時に軽快な前奏が鳴る。パワフルな歌声がなだれ込む。

Jeremiah was a bullfrog
Was a good friend of mine

よりによって、この歌。私は覚悟を決め、ホームの端の階段へ歩き出した。

こんなに気が弱っているときは、どんな歌を聴いても自分には歌えないと思ってしまったかもしれない。でも、この歌はちょっと特別だ。元気で自信のある昼間でも、認めるしかない。この歌は私には歌いこなせない。

Three Dog Night の Joy to the world。邦題は「喜びの世界」。あのとき、聴いた歌だ。私の歩く道をひっくり返した歌。今でも耳に、全身に、ありありとよみがえる、あのときの震え。舞台が光り輝いて、観客が総立ちになって、それでも私は座席から立ち上がれなかった。涙がごうごうあふれて脳みそがとろけ、腰が抜けたようになって。あんな体験は、後にも先にも一度きりだ。その一度が私の進路を変えた。

でも、今は、歌えない歌は聴きたくなかった。ウォークマンを止め、人の流れに沿って階段を下りた。

実家にたどりつく頃には、午前0時に近くなっていた。両親の夜は早い。一緒に暮らしていた頃の弟は早寝だったけれど（私も早寝だった）、さすがに受験生ともなれば夜ふかしもするようになったんじゃないか。そう期待して小さな二階建てを見上げたけれど、どこの窓にも明かりはついていなかった。

少し迷ってから、弟の携帯に電話をかけてみる。一応、鍵は持っているものの、勝手に使って上がるのも気が引けた。

コール音が七回鳴って、あきらめかけたところで弟が出た。おはよう、などといっている。

「まだ夜だよ」

訂正すると、弟は寝ぼけた声ながらも、

「どうしたの、今どこ」

心配してくれているらしい。

「開けて」

頼むと、しばらく間があって、

「何？　何を開けるの？」

実家の前で背中を丸めるようにして携帯に向かい、声をひそめて、勝手口っ、と叫んだ。

ほとんど待たずに内側から戸が開いた。首まわりのくたびれた白いTシャツにねずみ色のスウェット姿の正彦《まさひこ》が眠たそうな顔で立っていた。

「起こしてごめん。泊めて」

私がいうと、正彦は私の背後で戸を閉めて鍵をかけながらいった。

「泊めるも何も、おねえちゃんの家だよ」

おねえちゃんの家というのは語弊《ごへい》がある。正彦のやさしさだとわかってはいるけれど、余計に肩身が狭い。

二十年住んできたこの家を、春に出た。

高校を卒業して以来、バイトして、家に生活費を少し入れ、あとはレッスン費に充ててきた。生活費を入れることで筋を通そうとした。何者でもない娘が家を出るのは、申し訳が立たないと思った。でも、劇団の稽古もレッスンもたいてい都心で行われるので、通うのは難儀だった。公演期間に入ると、連日終電帰りが続いた。

便利な場所にアパートを借りたら、と促してくれたのは母だ。父は少し渋い顔をしていたかもしれない。出ていいんだ。拍子抜けしたけれど、その週のうちに安いアパートを自分で決めてきた。

「お腹空いてるんでしょ」

厨房《ちゅうぼう》に入った正彦がいう。

「あ、いいよ、寝てたのに」

ほんとうは、足に力が入らないほどお腹が空いていた。

「おねえちゃん、声に真実味がないよ。ほら、手を洗ったらそこすわって待ってて」

寝起きだというのに正彦がてきぱきと動き出す。水を流す音、何かを刻む音、コンロの火をつける音。ああ、こういう音を聞いて私は育ったのだ。ほどなく、うちの白だしの懐かしい匂いがテーブルまで漂ってくる。

「はい、お待ちどう」

「ありがとう」

運ばれてきたのは、父がつくるのと見分けがつかないほどのうどんだった。

「これ、今、あんたがつくったんだよね?」

「うん。鍋焼きだと時間かかっちゃうから、具はさっと煮ただけ」

正彦はテーブルの向かいに腰を下ろして、私が食べるのをにこにこ見ている。

熱いからか、驚いたからか、懐かしいからか、よくわからないけど目の奥がじわっとなった。丼《どんぶり》から顔を上げずになんとかごまかしたけれど、うまくいったかどうか。

母の話では、正彦は受験生である今も家の仕事を手伝っているらしい。家の仕事だからバイトにもならないし、たいしておもしろみもないだろう。弟ながら頭が下がる。

実家で暮らすことで家族の一員としての義務を果たしているような気になっていた私はまったく甘かったと思う。孝行とまではいかなくても、不孝はしていないつもりだった。

「……おいしいよ」

素直にいうと、正彦は笑顔でうなずいた。

「あのさ、おねえちゃん」

テーブルに両肘《ひじ》をついている。

「遠慮しないで、もっと帰ってくればいいのに」

遠慮。この子は私が遠慮して帰ってこないと思っているんだろうか。

「遠慮じゃないよ。都合のいいときだけ帰ってきて、むしろ申し訳ないと思ってるよ」

「ほら」

正彦が笑う。

「そういうのを遠慮っていうんだよ。ここはおねえちゃんの家なんだから、都合がよくても悪くてもいつでも帰ってくればいいんだ」

また目の奥がじわっときて慌ててうどんの丼に目を落とす。正彦は向かいの席であくびをしている。

自分が今こうしていることが、なんだか嘘みたいだ。うどん屋の娘として生まれ育って、たぶんこの店を継ぐか手伝うかして生きていくんだと思っていた。この店に毎日立って、うれしいことや楽しいことを両手でかき集めて、精いっぱい笑いながら。

弟は勉強がよくできたから、大学へ行かせてやりたかった。高校を卒業したら必死に働けば、少しは経済的に助けてやれるんじゃないか。そんな決死の覚悟までしていたのだ。

舞台に立とうなんて考えてもいなかった。考える以前の話だ。舞台なんてことはまるで別の世界で、自分がそこに上がるなどとは考えようもなかったのだ。あの日、玲に連れられてミュージカルを観に行くまでは。

それが、今じゃどうだ。舞台に立ちたい一心で、弟の学費の援助どころかひとりで家を飛び出して、自分のためだけに時間もお金も全部使って、歌と芝居に明け暮れている。そしてこうしてオーディションを受けて、落ちて、それでもまた受けて、受けて。

「あのさ、私さ」

ピンクの縁どりのあるかまぼこを口に入れて、なるべくなにげなさそうに話す。

「なんだかどうも『いい子』みたいなんだよね」

正彦はぼんやりと瞬きをして、ふうん、と曖昧な返事をする。

「聞いてる？」

「聞いてるよ。『いい子』なんだって」

「誰が、って聞かないの？」

重ねて尋ねると、ようやく正面から私を見た。

「誰が」

「だから、私が。育ちがいいから、その殻を破れないから、駄目なんだって」

正彦は目を細めた。

「それで駄目ならしかたないじゃない」

そうして自分の前のコップの水をひとくち飲んだ。

「オーディション、駄目だったんだね。悪いやつじゃなきゃ通らないなら、そんな仕事、やめちゃえば」

あっけにとられて割り箸を片方テーブルから落としてしまった。

まったくそのとおりだ。正彦はまっとうだ。そして、姉思いのやさしい弟だ。床から割り箸を拾いながらしみじみ思う。

「ほんとにそうだね。やめちゃうほうがいいのかもしれないね。ありがと」

素直な声が出た。正彦は私を見たけれど、何もいわなかった。

そうして、私の胸元を指して、何、と聞いた。指の先を見ると、ウォークマンのリモコンがブラウスのポケットにクリップで留めてある。さっき駅で聴いたままになっていた。歌えない歌だったから、ここへ来た。

「何聴いてたの」

腕を伸ばしてイヤフォンを正彦の耳に差し、再生ボタンを押す。正彦の顔に笑みが広がる。リズムに合わせ、小さく首を揺らして聴いている。うどんのつゆを飲んで、私はそれを見ている。

この子はこんなに楽しげに音楽を聴いたんだっけ。

正彦はやがて両耳からイヤフォンを外し、こちらに返してくれながら、

「俺、この歌好きなんだ」

うれしそうにいった。

「Joy to the world って、大きいよなあと思ってさ。ワールドって世界だよね。でも、たいていの歌詞に出てくるワールドに俺は含まれてない感じがするんだよ」

「うん、なんとなくわかる」

「けどさ、この歌は、ほら、なんだっけ、ワールドっていうのがboys and girls のためのものだけじゃなくて、えっと魚がなんとかって」

「ああ、Joy to the fishes in the deep blue sea」

その一節だけ歌ってみせると、正彦は驚いた顔になった。

「すげ。やっぱ歌うまいんだな」

それから、歌詞を復唱した。

Joy to the world
All the boys and girls now
Joy to the fishes in the deep blue sea
Joy to you and me

「そうなんだよ、世界には深い海の魚たちまで含まれてるんだ。魚にもよろこびを、って歌われれば、その世界には俺もいるんじゃないかって思えるよね、って、あれ、俺、何いってるんだ」

ちょっと照れくさそうに首を傾げた。

「食べ終わった？」

私の前の丼に手を伸ばそうとしたので、手を振って遮った。

「いいよ、自分で洗っとく。ごちそうさま」

「そう？　じゃ、頼むね。そろそろ寝るよ」

そういうと、椅子から立ち上がった。

「ありがとう。おやすみ」

おやすみ、と返ってくるかと思ったら、違った。

「やめたほうがいいかもなんて、思ってもないくせに」

笑いながらいって、正彦は母屋に続いている店の奥へと消えた。

やめたほうがいいかもしれない。さっき、つい口走った。

たしかに。やめたほうがいいかもなんて、たしかに思っていない。テーブルにひとりで残されて、私も笑った。思ってないよ、ぜんぜん思ってない。

歌うのが好きで、踊るのが好きで、芝居が好きで、舞台に立ちたいと願っている。舞台の上にはすべてがあるからだ。世界といい替えてもいい。舞台に立たなければ見えなかった、感じなかった世界が待っている。

ううん、待ってていない。世界は開かれてなんかいない。私がよじ登ってそこに立たなければ、舞台は私を置いてまわっていくのだ。

くーっ、と喉の奥が鳴りそうだ。私がいなくてもまわっていく舞台を、私が出てもっともっと輝かせるんだ。それなのに、私はまだ舞台の裾野でじたばたしている。くーっ。地団太踏みたい。だだだだだん！　踏んでみた。テーブルが揺れて、丼に残ったうどんのつゆに波が立った。

あんなに疲れていたのに、嘘みたいだ。地団太を踏む元気が残っていたなんて。

正彦が好きだし、うどんが好きだし、この店が好きだ。そして、舞台も好きだ。好きな気持ちが、別の好きな気持ちを呼ぶ。私は今夜ここにいてぬくぬくと好きなものを味わえるから、舞台に立ちたいと思うこともできる。事務所で、駅のホームで、打ちひしがれていたときとは大違いだ。

Joy to the world
All the boys and girls now

口ずさんでみる。今なら、歌える。Joy to the world。よろこびの世界。よろこびは青い海深くの魚たちにも与えられている。あのとき、舞台から遠く離れた場所にいた私にも届いたように。

たった一曲で私をよろこびで満ちあふれさせてしまったように。

帰ってきて、よかった。ふらふらになるほど疲れていたけれど、一晩休んだら、私はまた歌い出すんだろう。

オーディションに落ちて、役がもらえなくて、ずっとこんなふうに落ち続けたらと考えると、暗闇の中にいるみたいに怖い。勝てる気はしない。でも、負ける気もしない。落ちて、落ちて、吐き気をこらえて、足を引きずっても、うどんを食べてまた歌いに行くんだろう。


稽古の終わった後で、事務所に呼ばれた。

新たなオーディションがあるという。

「どうする？」

こちらはまだ息が上がっているのに、涼しい顔をした仁科さんが、端《はな》から答のわかっている質問をする。念のため、手渡された紙に目を落として、ぶわっと全身の血が滾《たぎ》った。広瀬修二《ひろせしゅうじ》の新作だった。

「受けます」

もちろん答はわかっていたはずだ。ただ、ひとつ気になった。

「うちの公演とは重ならないんですか」

「重ならないように組むわ」

それくらい大事な舞台だということだ。わかっている。広瀬修二は仁科さんにとっても特別な人物なのだ。

「七緒も受けるって」

さらりというけれど、眼鏡越しの大きな目は私を見据えている。

「あの子、ほんとに貪欲よね」

ちょっと笑ってしまった。

「貪欲じゃない人なんていいるんですか」

「うん。いいね」

仁科さんも笑う。

「自分が貪欲だってことをしっかり意識して、指の先まで貪欲になって、欲しいものをしっかりつかんでおいで」

はい、とうなずいた。

「こないだのうちの公演でも、あなたの評判はすごくよかったわ。見たでしょう、アンケート。あの役者は誰だ、原千夏って誰だ、ってたくさんの人が書いてた。確実に力をつけてきてるってことよ。私も期待してるわ」

それで終わりかとお礼をいいかけたら、思いがけず仁科さんは先を続けた。

「千夏の身体能力は抜群だから、スピードとパワーを意識するといいわね」

意外だった。スピードとパワーが私にあるとも、それが武器だとも意識したことはない。背は低いし、器量がいいわけでもない。歌唱力もまだまだだし、基礎から鍛えた演技力もない。いつも自信が持てなかった。それで、育ちがいいように、守りに入っているように見えたのかもしれない。スピードとパワーなら、攻撃力ではないか。

「ありがとうございますっ」

勢いよく頭を下げたら、なんだかほんとうにお腹の底からスピードとパワーがぐるぐると渦巻きながら迸《ほとばし》るような実感があった。

きっと七緒のこともこうして励ましているんだろう。励まして、アドバイスをして、少しでも七緒の力になったらいい。力をつけた七緒と、全力の私がぶつかるから意味があるんだと思う。七緒だけじゃない。他にもたくさんの応募者がいるに違いない。全員の全力の中から最も役にふさわしい人が選ばれる。少しでもよいものをめざし、歌でいうなら一小節ぶんの妥協もなく、舞台はつくり上げられていく。

自分が選ばれなかったとしても、舞台のためにはしかたがない。最高の舞台のために必要なのが私ではないのなら、私が出るべきではないと思う。舞台を愛しているのだから。そう思ってしまう私は、傍《はた》から見れば貪欲には見えないかもしれない。だけど、私は欲望に満ちている。最高の舞台を観たい。最高の舞台をつくりたい。最高の舞台に出たい。嵐のように吹き荒れる欲望の中で、どれがいちばん強いんだろう。最高の舞台を観たいのか、つくりたいのか、出たいのか。

自分でも混同してしまいそうだ。だけど、嵐の真ん中で揺るがずに立っているのは、最高の舞台を欲する気持ちだ。あそこにはすべてがある。生きていく希望も、絶望も、憧れも、嫉妬《しっと》も、愛も、憎しみも、躍動も、孤独も。結晶化されたそれらが舞台の上で強い光を放つ。まぶしい光に吸い寄せられ、私はそこに近づき、触れようとして思い切り手を伸ばす。

燃えるような衝動に突き上げられることもある。舞台が好きだから、そこに立ちたい。歌いたい、踊りたい。笑ったり、泣いたり、困惑したりしながら、息を吸い、息を吐き、息を吸い、——そこで生きたい。嵐の真ん中で。あるいは、世界の中心で。

「私の家族は」

唐突に切り出したので、仁科さんは少し怪訝そうな顔になった。

「ここはまったく別の世界で生きています」

人の数だけある世界。ひとりずつ、ひとつずつ世界はあるのだ。正彦はワールドといったけれど。

中心に立ったと思っていても、誰かにとっては何の価値も興味もない、取るに足らない世界かもしれないことも私は知っている。それでも、ここが私の世界だし、もしもこれから世界が広がっていったとしても、いびつな世界の中心はここだ。

父や母や弟がそれぞれの世界にいることが、私にはむしろ救いだ。私が世界から転がり落ちても、彼らは彼らの世界で生きている。

「普通に生きていく上で貪欲には見えない人たちです。でも、実は」

話している途中で、不覚にも笑ってしまう。でも、実は。でも、実は。

「ものすごく貪欲なんです」

彼らは彼らの世界でものすごく貪欲に生きている。たとえば、うどんの味を追求することに。私がたったひとつの役のために大騒ぎするのとは違い、彼らは静かに淡々と彼らの道を究めている。

仁科さんは反応に困ったのだろう、黒縁の眼鏡を外してこちらを見た。あの目だ、と思う。あの目とこんなに近くで向き合っていることに、今さらながらぞくぞくしている。

「それに」

続けようかどうしようか、迷った。ほんの一瞬。でも、いおう。

「私の尊敬する女優も、すごく貪欲なんです」

仁科さんがちょっと驚いたような顔になった。

「あの貪欲さに少しでも近づきたいと思っています」

「意外ね。千夏はマイペースでわが道を行くタイプだと思ってたわ。目標とする女優がいたのね」

「はい。高校三年のとき、初めて観たミュージカルで主演していました。あの日以来、私の人生は変わったんです」

できるだけさりげなくいう。でも、胸の中から何かが爆発しそうだ。あの日、初めて観たミュージカル。クライマックスでかかった歌。歌い、踊り、舞台の真ん中で輝いていた女優。

仁科さんはふっと笑った。

「いいわね。人生が変わる体験なんて、誰にでもできるものじゃないわよ。舞台の上では役者は何度も生まれ変わるような気持ちになるものだけど」

「演出が広瀬さんだったんです」

そう口にした瞬間、ざぁっと背中に鳥肌が立った。今でもあのときのミュージカルを思い出すと、身体の芯に興奮がよみがえる。あの広瀬修二のミュージカル。オーディション。考えただけで、震えがくる。

「だからとにかく今度のオーディションでは絶対に役をもらいたいです」

「わかるわ。千夏にとって運命の演出家なのね。その貪欲な女優も今度のミュージカルに出るのかしら。共演できたらすごいじゃない」

ほんとうだろうか。この人はほんとうにそう思っているのだろうか。共演できたらすごい、と。

「もしそんなことができたら、奇跡みたいなものだと思います。でも、ちょっとむずかしそうです」

「何をいってるの。貪欲な女優に導かれたんでしょう、あなたはもっともっと貪欲にならなきゃ追いつけないじゃない」

「その女優は貪欲すぎて、今はもう舞台に立っていないんです」

私がいうと、仁科さんは口を噤《つぐ》んだ。少し待ったけれど、何もいうつもりがないのか、険しくなった目でじっとこちらを見ている。

「ミュージカルを貪欲に愛しすぎて、自分の演技に貪欲すぎて、舞台を降りたんだと思います。声なのか、ダンスなのか、演技なのか、私にはわかりませんが、彼女自身の求める高みに届かなくなって、自分で自分に駄目出しをしたのではないかと思います」

仁科さんは表情を変えなかった。

「私にはわかりません。私は彼女のすべてを素晴らしいと思い、憧れてきました。私にわかるほどでは彼女には遅すぎたんでしょう。手遅れになる前に舞台を降りた。それが彼女のプライドと美意識と貪欲さだと思っています」

怒っているかもしれない。怒っているに違いない。私は今、ばかなことをしている。憧れだった役者を怒らせている。なんとかして、こちら側に引き戻そうとしている。彼女の表情からは感情が読めない。

「でも、別の貪欲さもあっていいと思うんです。まだまだ、まだまだ、役者として成熟していったはずです。たくさんの人をミュージカルの虜《とりこ》にできたと思います。私みたいなただの女子高生を夢中にして、役者を目指させることもできたんです。違いますか。ご自分が現役でいることに貪欲でいてほしかったです」

「そこまでわかっているならじゅうぶんじゃないの」

能面のようだった仁科さんの頬にうっすらと赤みが差す。

「千夏。あなたがとことん貪欲になればいい。やってごらんなさい」

そういう瞳には光が宿り、爛々《らんらん》と輝きはじめている。

「やってごらんなさいよ。舞台にも、自分にも、貪欲になる、そういう人生。天国を見たような気分も、地獄に触れたような気分も、味わえるから。舞台の恍惚《こうこつ》が強すぎて、戻ってこられなくなるの。そのうちにプライドなんてどうでもよくなるわよ」

挑発するみたいにいって、それから声を上げて笑った。

「あなたの貪欲はおもしろいわ。オーディションは全力でどんどん受けなさい」

「はい」

「でもね、どんな小さな役でもいいから、つかみ取りなさい。あなたはそこでこそ輝くんだから」

オーディションが好きなわけではない。舞台が好きなのだ。ずっとそう思っていた。でも、どうやらそれだけでもないみたいだ。私は舞台が好き、そして、オーディションが好きだ。大好きだ。仁科さんは私がそう思っていることを見抜いているのかもしれない。

オーディションの間は、魔法がかかっている。結果的には落ちて、実際の舞台では名前のない役だったり、大道具だったりもする。でも、オーディションの最中は別だ。その間だけは、いちばんやりたい役をやっている。自分よりももっとその役に向いている人の存在を忘れ、歌い、踊り、演じる。私にしかできないやり方で、世界を手にしている。

でも、つかみ取れ、と貪欲なこの人はいう。そこで満足するな、と。

「はい?」

仁科さんが何かいった気がして聞き返すと、穏やかに首を横に振った。

「なんでもない。ただ、千夏はきっと行けると思っただけ」

「行けるって、どこへですか」

「決まってるじゃない」

仁科さんは化粧っ気のない顔で、それでもじゅうぶんすぎるくらい妖艶《ようえん》にほほえんだ。

「舞台の真ん中へ」

その瞬間、Joy to the world が耳元で鳴り出した。千夏は——私は、きっと行ける。舞台の真ん中へ、よろこびの世界へ。

そう、よろこびの世界を私は知っている。圧倒的なよろこび。強い光を浴びているような、祝福を受けているような、永遠の瞬間。絶対的な肯定感。二十年間ずっと脇役だった私が、生まれて初めて主人公になれる場所。誰かに認めてもらうのではなく、自分で自分を見つけ、認める。私がここにいてもいいのだと信じられる、自分を肯定できるよろこび。舞台の真ん中で、私はそれをつかむ。世界の真ん中へ、これから走っていく。

「この役、どうしても、私がやりたいです」
チラシを握った指にぎゅっと力が入る。すべてはあのときの Joy to the world のせいだ。この人のせいなのだ。

Joy to the world
All the boys and girls now

歌が流れた、と思ったら、歌っていたのは私だった。歌おうと思うより先に、声が出ていた。

Joy to the fishes in the deep blue sea

ああ、震えそうだ。あのときの役者を前に、この歌を歌うなんて。まさかこんなときが来るなんて。——でも、声は震えていない。夢中で歌う。せめて、あともう一息、サビの最後まで。
すると、ふわっと、まるで風が吹くように声が重なった。

Joy to you and me

目の前で、仁科秀子《ひでこ》が歌っていた。よろこびを、あなたと私に。驚きと歓喜で、息が詰まりそうだった。

「もっ、もももう一度」

駄目だ、ここで嚙《か》んじゃ駄目だ。

「あの、もう一度、仁科さん、行きましょう」

仁科さんは、どこへとは聞かなかった。何を考えているのか読み取ることのできない笑みを浮かべ、私を見ている。その黒い瞳の奥に、火がゆらめいているのが見えた気がした。

私も行く。必ず、そこへ。

仁王立ちになってチラシを握り締め、やっぱり私は震えている。武者震いなんだろう。これから行くんだから。世界の真ん中へ。よろこびの世界へ。

VI　終わらない歌

予感はたいてい当たらない。

携帯が鳴って、表示を見ると千夏からだった。通話ボタンを押す前に、1DKの部屋を見まわす。五分もあれば片づけられるだろう。

「もしもし」

「あ、玲、私」

いつも弾んでいるような声が、今夜はもっと弾んで、息せき切っているように聞こえる。

「うん、だいじょうぶだよ、おいでよ」

先まわりして答えると、一瞬、間が空いてから、違う違う、と声がした。

「違うの、今日は」

何が違うんだろう。さっき、ひとりで簡単な夕食をつくって食べながら、そろそろ千夏が泊まりに来る頃かな、と思ったところだった。

高校の同級生だった千夏は、去年実家を出てひとり暮らしを始めた。それまでは、深夜近くになるとよく電話がかかってきた。アルバイトを掛け持ちしながら劇団に所属し、合間に歌とダンスのレッスンにも通う彼女は、うっかりすると終電を逃してしまう。ほんっとうに申し訳ないんだけど、と電話がかかってくると、私はざっと部屋を見渡して、彼女を泊められる状態であるかどうか確認する。もっとも、泊められる状態になかったことは一度もない。どんなに疲れていても、どんなに精神状態が悪くても、千夏が来るのはだいじょうぶだった。一緒にいるのが苦にならない。むしろ、しばらく来ないと気になってしまう。足が遠のいたように感じた時期もなかったわけじゃない。でもいつのまにか戻っている。お互いに波がありつつも、離れてしまうことはない。彼女は一種の精神安定剤のような存在なのかもしれなかった。

都心にアパートを借りてからはそれもなくなるのかと思ったけれど、今度は、逆に時間の空いたときに泊まりに来るようになった。私が誘われることもある。だけどだいたい千夏は忙しくて、それなのに私が遊びに行くとなると部屋の大掃除をしたり、大量に料理をつくったりして気を遣うみたいだから、やめた。来てもらうほうがお互いに楽だ。

「違うんだってば」

千夏が興奮した声で繰り返した。

「今日はね、そっちに行きたいっていうんじゃなくて、ちょっとすごい話なの」

そういうと、千夏は電話口で小さく叫んだ。

「ああもうどうしよう！」

何があったか知らないけれど、笑ってしまう。

「千夏、落ち着いて。今、どこ？　これから来ない？」

「ううん、だから違うんだって、泊めてほしいとかじゃなくて、話が——あ、そうか、これからそっちに行って話せばいいんだ！」

じゃ、後でね、と切ってから四十分で千夏は現れた。ほら、やっぱり来た。そろそろかなと思っていた私の予感は当たったことになる。

「今度うちの劇団で若手公演をやることが決まって」

玄関先で、靴を脱ぎながら千夏はいきなり話しはじめた。前置きもない。頬が上気している。こういうところが千夏の気のおけないところだ。感情の出し惜しみがない。もったいぶったり、気取ったりしない。

「たぶん、私、大きい役をもらえそうなんだ」

テーブルに着いても、よろこびを抑え切れない様子で瞳をきらきらさせて私を見る。

「おめでとう」

グラスをひとつ、千夏のほうへ押す。なんとなく買って飲んでいなかった缶ビールを注ぐ。千夏は今初めてグラスに気づいたように、ありがとう、と手に取って乾杯するみたいにグラスを上げ、ひと息に半分くらい飲んだ。ずいぶん喉が渇いていたらしい。

「若手公演っていうのは、まだ大きい役をやらせてもらえない、私たちクラスの団員をメインに使った舞台なの」

「うん」

「今日、制作の――あ、制作っていうのは、劇団のいろんなことを全体的に見る人のことね、制作の仁科さんに呼ばれて、私ともうひとりの子とがメインになる舞台を考えてるって。それもね、仁科さんが若い頃にやって、大当たりした脚本なんだって。今回はその脚本で仁科さんが演出するんだよ」

子供みたいに素直だなあと思う。もしくは、子犬みたいに。もしもこの子が子犬だったら、今、見えないしっぽをちぎれそうな勢いでびゅんびゅん振っているんだろう。うれしくて、うれしくて。

「よかったね」

自分の声が舞い上がっていることに気がついたらしく、千夏はちょっと声のトーンを抑えるそぶりを見せた。

「まあ、うちの看板の長井《ながい》さんや園村《そのむら》さんの出ない舞台に、どれくらいお客さんが来てくれるか、心配っていえば心配なんだけど」

「なにいってるの、そんな心配、今する必要ないでしょ」

私がいうと、だよね、と笑った。

「それでね」

千夏は残っていたビールをひと息に飲み干した。

「ここからが重要」

そういって、テーブル越しに身を乗り出した。

「私と、同期の早瀬七緒っていう子とがメインになるのはほぼ決まりみたいなんだけど、そこにもうひとり、必要なんだって。きれいな三角形にしたいって、仁科さんが」

ふうん、と相槌を打ちながら私は立ち上がって冷蔵庫からもう一本缶ビールを出し、空になった千夏のグラスに注いだ。

「ねえ、それがね、玲。三角形の三つ目の角は、外から採るんだって」

外から、という言葉の意味がよくわからず、三角形の角と結びつかない。外角と内角があるんだっけ。内角の和が百八十度、外角は隣り合わない二つの内角の和と等しい。

「聞いてる？」

千夏は真正面からこちらを見ている。

「うん。聞いてる。外から採る、でしょ」

「そもそも私と七緒がまったく正反対のタイプだから、そこにどんな素材を投入するかで、うまくいけば三人ともスパークする瞬間が見られるんじゃないかって。劇団員じゃなくて、ああ、うちの劇団に限った話じゃなくて、要するに、役者じゃない人の中から三人目を連れてこようと思ってるんだって」

「役者じゃないって、素人ってこと？」

「ううん、素人じゃなくて、歌う人。歌のプロフェッショナル。二十五年前に仁科さんが出たとき、その三人目の役をやったのは誰だと思う？」

わくわくするのを隠し切れない表情で千夏が私を見る。さあ、と私は首を傾げる。二十五年前といったら、私たちが生まれる前の話だ。

「浅井久美子だって！」

浅井久美子というのは、私が物心ついた頃にはもう歌手としてトップスターだった。駆け出しの頃に、彼女がそんな舞台に出ていたとは知らなかった。

「それにしても、おめでとう。大きな役がついてよかったね」

私がいうと、千夏は、ううん、と首を振った。さらさらの黒髪が揺れて、部屋の空気を動かす。

「本題は、ここから。ねえ、ちゃんと聞いてた？　プロフェッショナルな歌い手を探してるの。できればまだ名前の売れてない、原石みたいな人。今度の舞台で一躍脚光を浴びて、世界中の人々に発見されるんだ」

興奮した口調で千夏は話した。

「プロフェッショナルで原石？　そんな都合のいい人、いるのかなあ」

水を差すつもりはなかったけれど、世界中の人々に発見される前に、千夏の劇団の制作のなんとかさんに発見される必要がある。よほど慧眼《けいがん》でなければむずかしいだろう。

ふと目を上げると、千夏が瞳を輝かせてこちらを見つめていた。

「いるんだって、そんな都合のいい人が。私、仁科さんに推薦してきたの。そしたら、ぜひ一度会ってみたいって」

「千夏はいろんなところに顔を出してるものね。そっか、ちゃんと目をつけてた人がいたわけだ」

こくこくと首の骨を鳴らさんばかりに大きくうなずいて、千夏は声をひそめた。

「いたわけだよ、ここに！」

声を張り上げるより、ひそめるほうが効果が上がる場合がある。なるほどなぁ、と私は思った。歌うときも同じかもしれない。ここぞというときに、声を若干小さくする。それも表現の一種だろう。今度、ためしてみよう。――え？

え？

「近いうちに時間をつくってほしいの。仁科さんに会ってほしいんだ」

「ちょっと待って。何の話。仁科さんに会うって、私が？　どうして？」

「玲、私の話、聞いてたでしょ。三角形の三つ目の角に、玲を推薦したの」

「推薦って……」

角を目指してはいない。そういったら千夏を傷つけるだろうか。でも、知っているはずだ。私は声楽を学んでいる。目指すとしてもミュージカルではなく、オペラだ。歌という共通点はあるにせよ、舞台が違う。

「ねえ、玲、覚えてるでしょ、高三の、初めて私をミュージカルに誘ってくれたときの、『よろこびの世界』。あのとき主演してたのが仁科秀子さんだよ」

心なしか千夏は胸を張っているように見える。

『よろこびの世界』はもちろん覚えている。いいミュージカルだった。キャストもよかった。ラストは思わず立ち上がった。客席のほとんどが立ち上がって万雷の拍手を送っていた。

仁科さんって、あの仁科秀子だったのか。

仁科秀子は素晴らしい女優だった。それは認める。しかし、正統派の歌のうまさではなく、飛び抜けて美人というわけでもなく、踊りが傑出しているわけでもない。それより彼女を輝かせているのは、もっと本能的なものだと感じる。彼女には何か、持って生まれたものがある。そこにいるだけで舞台に深みが出る。表情ひとつで場の雰囲気をぴたりとつくってしまう。それなのに、愛嬌《あいきょう》があって、仕種がいちいちチャーミングで。

私も好きだ。だけど、目指さない。目指すものが違う。

千夏は敏感に私の気持ちを察したのだろう。顔つきが引き締まった。

「お願い。とにかく一度、話を聞いて。オーディションを受けて」

「話を聞くのはいいよ。でも、受けるかどうかは約束できない」

私がいうと、千夏はまじめな顔でうなずいた。

「私には野望があってね」

「うん」

「玲の歌をたくさんの人に聞かせたい。ここにこんなすごい歌を歌う人がいるよ、って知らせたい。だから、玲に舞台に立ってほしい。声楽をやってる玲の本舞台じゃないのは知ってる。でも、待ち切れないんだよ。早く、早く玲を人に知らせたいんだよ」

「ありがとう。気持ちはうれしいけど」

「それから、もうひとつ、これはもっと純粋な野望。玲と歌いたい。ふたりで舞台に立ちたい」

純粋な野望、か。

「あ、笑ってる。なによ、人が真剣に夢を語ってるのに」

そういいながら千夏も笑っている。

「無理だよ」

勢いで笑い飛ばそうとして、笑い切れなかった。われながら情けない声になった。

「買い被《かぶ》りすぎ。芝居の勉強をしたこともない私がオーディションに通るほど、甘い世界じゃないでしょ」

千夏がどんなに舞台に立ちたがっているか、そのためにどれほどがんばってきたか知っていれば、簡単に誘いに乗ることなどできるはずがない。千夏の努力を尊重すればこそだ。

それに、もしもオーディションを受けたとしても、落とされるだろう。悲観的なイメージしか浮かんでこない。負けが込んでいた。声楽科はたかだか二十人ほどのクラスなのに、そこで一番になれない。何がいけないのかもわからない。留学に推薦されるのも、発表会で主演するのも、私ではなかった。私をすごいと思ってくれている千夏に、ほんとうの実力を知られるのは怖かった。

千夏は、空になったグラスをじっと見たままため息混じりにいった。

「つまらないことをいうんだね」

「つまらない？　何が？」

聞き返した声が尖《とが》ってしまった。私は少し腹を立てているんだと思う。勝手に舞台のオーディションに誘って、断ったからといって、つまらないだなんて。いわれなくても私は自分がつまらない人間だということをよくよく知っている。融通は利かないし、やさしくもなく、冗談のひとつもいえない。歌を歌うことしかできない。それも、クラスで一番にもなれない歌だ。

「世の中そんなに甘くないとかってさ、もうほんっとにつまらない台詞だと思うよ」

千夏は怒ったような目で私を見ながら立ち上がった。

「帰るの？」

慌てて聞いた。そんなに怒ったのか。今から帰るのは大変だ。まだ終電には間に合うだろうか。

「ううん、寝るの」

あっさり千夏はいって、洗面台のほうへ消えた。

千夏の分の蒲団をクローゼットから出しながら、自分のほんとうの気持ちを確かめる。土砂に混じって見えなくなった、砂金みたいなほんとうの気持ち。千夏の劇団で、歌いたいのか、歌いたくないのか。

「ごめん。私も、嫌いだ。甘くないってリミッターかけて、逃げてるのかもね」

洗顔を済ませて戻ってきた千夏にいうと、いいよ、とあっさりしている。

「自分を甘いって思うのはまだいいんだ。人を嘲《あざけ》ったり牽制《けんせい》したりするときもさ、よく、甘くないっていうじゃない。あれを聞くと私、ほんとにがっかりするんだよ。今までに百万回いわれたよ。何の素養もなくそう簡単にミュージカルになんか出られるかって、世の中そんなに甘くないって」

「百万回か。それは相当多いね」

思わず笑ったら、千夏もつられて笑う。

「ちょっと盛った。ほんとは四十回か五十回ってとこかな。それだけ聞けばもうじゅうぶんだよ。一生分いわれたよ」

じゃあ、と私はいった。自分の気持ちを確かめながら。「歌いたい」と「怖い」はどちらが強いだろう。強いのは「歌いたい」で、弱いのも「歌いたい」だと思った。「歌いたい」けれども「怖い」。それを弱いと呼ぶのだろう。でも、気持ちを奮い立たせた。

「じゃあ、そのうちの十回分くらい、引き受けるよ」

五十回がっかりさせられても負けない千夏がかっこよく見えたから。

「オーディション、受けてみる。歌わせてくれるなら、歌いたい」

そういった瞬間、カチリとスイッチが入るのを感じた。ヴィーーン。モーターが動き出す。熱い血潮が身体を巡る。駄目でもともとじゃないか。落ちたって、百万回のうちの一回くらい、どうってことない。歌いたい、と思った。歌うんだ。千夏と、歌うんだ。

事務所へ向かう途中の駅で落ちあったときから、千夏は明らかに昂揚《こうよう》していた。だいじょうぶ。玲なら絶対にだいじょうぶだよ。そう繰り返した。無論、根拠などないだろう。だいじょうぶであってほしい、と千夏自身が願っているのだ。そんなに私を信用するなといいたかった。

それでも、千夏のまっすぐな信頼は身に沁みた。自分で自分の力を信じることのできなくなった今、ただの過信、あるいは盲信であっても、私の歌を信じて聴きたがってくれる人がいる。歌っても歌っても手応えを得られなくなっていた私の、千夏は最後の砦《とりで》だった。この子がいてくれるから、私は祠《ほこら》の火を消さずに済んできたのだと思う。

だからこそ、後悔していた。今日、落ちたら、何を頼りに歌っていけばいいんだろう。そして私には、落ちる予感しかなかった。

夕刻の、あまり混まない地下鉄に乗って、並んで吊革につかまった。

「踊れないよ」

私がいったら、

「知ってる」

千夏は笑った。

「お芝居もできないよ」

「それは、やってみなきゃわからない」

「できないよ」

「とりあえず、歌えればいいんだよ。玲の歌がほしいんだから」

「そうかな」

そうでもないいんじゃないのか、と思ったけれど、それ以上は口に出さず、黙って地下鉄に揺られていった。

駅からは十五分ほど歩いた。連れて行かれたのは、古いビルの一室だった。コンクリートが剝《む》き出しの壁に、床板は傷だらけだ。

ドアを開けると、大きなフレームの眼鏡をかけた女性が、奥の椅子から立ち上がった。その隣には長身の男性がいる。

「今日はよろしくお願いします」

緊張した声で千夏がいい、

「よろしくお願いします」

私も一緒に深めのお辞儀をした。

女性は地味な服装だが、こちらへ歩いてくる動作が滑らかで洗練されている。動きが軽い。足音も立てずに近づいてくる感じがして、あ、と思った。この人が、仁科さんだ。三年前に引退した、千夏が心酔する女優。

笑みを湛《たた》えたまま、腕を伸ばしたら届きそうなところまで来て足を止める。

「あなたが御木元さん」

「はい。はじめまして」

もう一度お辞儀をした頭が上がり切らないうちに、仁科さんはいった。

「歌ってみてくれますか」

「え……」

今、ここで、ですか、という質問を飲み込んだ。

今だ。ここでだ。歌いに来たんだから。殺風景なこの部屋で、きっと幾人もの歌い手が試されてきた。

至近距離から仁科さんを見ると、化粧っ気のない整った顔立ちに、意志的な目が眼鏡の向こうで光っている。背中がぞくっとした。試してもらおう。今、ここで、私の歌を聴いてくれるというのだ。歌うしかないじゃないか。

「何を歌いましょうか」

よし。肝が据わった。落ち着いた声が出た。隣で千夏が息を殺してこちらを見ているのがわかる。千夏はきっと驚いている。私がこんなに本気になっているとは思っていなかったかもしれない。

「なんでもいいわよ。あなたのいちばん好きな歌を歌ってください」

そういって、仁科さんは腕を組んでほほえんだ。向こうの壁を背にして、男性のほうも腕を組んだのが見えた。

いちばん好きな歌。とっさに浮かんだのは、大学で日々レッスンを受けているオペラの歌曲ではなく、『麗しのマドンナ』だった。千夏がそこにいたせいかもしれない。十七歳の秋、私を歌うことに引き戻してくれた歌だ。実際には私はあの合唱コンクールで指揮をしたのだったから、この歌を歌ってはいない。今なら歌える。この歌に、そして歌を聴いてくれる人に、感謝の気持ちを乗せて。——ほんとうのところ、深く考えをめぐらせたわけではない。ただ、いちばん好きな歌をといわれた瞬間、この歌を歌いたくなっただけだ。気づいたときには、もう歌いはじめていた。

Una bella Madonna

イタリア語の軽快な歌を歌い出すと、ここが古い事務所であることも、これがオーディションであることも、ふっと消えてどうでもよくなった。裸足で遊ぶ少女たちのイメージが目の前に広がり、夏草の草いきれが匂い立つようだった。

短い歌だった。あっという間に歌い終え、気がつくと私はまた古い事務所に立っていた。

うん、と仁科さんがいった。

「いいね。すごくいい」

声が力強かった。仁科さんは一度振り返り、壁際の男性にうなずくと、千夏のほうを向いた。

「恐れ入ったわ。千夏の高校の同級生だっていうから、こういっちゃなんだけど、それほど期待してなかったのよ。だってあなた、歌のうまい友達がいるんです、ってしかいわないんだもの」

そういって、おかしそうに笑った。

歌のうまい友達、か。音大で声楽をやっているとも、御木元響のひとり娘だともいわずに紹介してくれたのだ。余計な情報などないほうが歌いやすいに決まっている。千夏の気遣いがありがたかった。

「悪いけど、歌のうまい友達ってレベルじゃないわね。稽古場行くわよ」

「はい！」

さっさと事務所を出て行く仁科さんについて千夏も歩きかけ、私を振り返って小声でいった。

「稽古場には舞台があるの。そこでもっとちゃんと歌を聴きたいってことみたい」

私も慌ててついていく。少し前を行く千夏の肩が弾んでいる。背中から熱気が漂ってきている。

事務所のあるビルを出て、すぐ裏手にあるさらに古いビルへ移る。入り口にしか電気がついておらず、エントランスを入ってから黒いスイッチをパチパチと倒して廊下の蛍光灯をつける。青色が錆《さ》びたような鉄のドアを仁科さんが押し開ける。やがて中の電気がつくと、そこが劇団の稽古場らしかった。黴臭《かびくさ》いような、汗臭いような匂いが籠もっている。

通りからは一本入っているので、こんなところにこんな稽古場があるなんて誰にもわからないだろう。奥に一段高くなっただけの舞台がある。そこを指して、仁科さんが私を振り向いた。

「上手《かみて》から、歩いていって」

何をやらされるのかわからなかったけれど、はい、と返事をする。

舞台の右側から上る。上るといっても二十センチほどの高さしかない。その上を歩くと、床とは違う、板の上を歩いている感じがあった。舞台だ。低いけれど、観客はいないけれど、舞台だ。

「はい、そこで止まって」

短い指示が飛ぶ。

「こちらを向いて」

いわれるまま、壇上から仁科さんを見る。隣に長身の男性が無言のまま立っている。舞台ともいえない舞台。誰も知らない舞台。だけど、胸がぞわぞわ熱くなっている。自然と背筋が伸び、脚に力が入る。

「お客がたくさんいると思って。お客はみんなあなたを見てる」

いわれる前から、そんな気配を感じている。お客がここにいて、私を見ている。その熱気がつい先ほどまでここにあったような、今もまだそこに残っているような幻を感じる。

「いい？　みんなあなたを見てる。あなたが歌うのを待っている。はい、そこでお辞儀をして。お客に向かって。そう。じゃ、何か歌って」

何か歌って。ここで、今、何を。考える暇もなかった。ひらめきがあった。息を深く吸って、始める。始まる。私の歌。

L'amour est un oiseau rebelle

カルメンのハバネラ。『恋は野の鳥』、劇中に登場する有名な曲だ。どうしてだか考える前にこれを歌いたくなった。この場所に、恋だとか熱狂だとか嵐だとか呼びたくなる熱い塊《かたまり》が潜んでいるのが感じ取れたからか。

あなたが好きにならなくても　私が好きになる
でも　私が本気になったら　気をつけなさい

私の敬愛するマリア・カラスはこれを四分強で歌った。今夜の私はワンコーラスで一分半だ。私が本気になったら気をつけなさい。フランス語の歌詞が私の胸を震わせる。脇を固める共演者たちの次第に盛り上がるコーラスが聞こえるような気さえした。

間隔のある拍手の音がして、ふと見ると、仁科さんが胸の前で大きく手を打っていた。千夏も全力で手を叩いてくれている。

私はうなずいた。もう一曲。歌いたい。右手を上げる。拍手を制したつもりだった。勢いで、左手も上げる。両手を上げたまま歌い出すなんて、歌い出すなんて、でも、歌い出す。

きー、がー、

最初の二音だけで、千夏にはわかったみたいだ。すぐそこに立っている千夏の、わくわくと見守っていた顔がさあっと輝き出すのが見えた。

くるいそう、と続けると、間髪を入れず、のののののののー、とコーラスが返ってくる。いいね、千夏。上げていた両手を下ろしながら、右手の指で千夏をバンと撃つ。

気が狂いそう
やさしい歌が好きで
ああ　あなたにも聞かせたい

あとはもう、何も考えず、何も気にせず、歌った。千夏がコーラスを足してくれて、でもそのハーモニーもあまり気にしなかった。自分の声が特に映《は》える歌だとも思わない。でも、ただ、歌いたかった。

人は誰でも　くじけそうになるもの
ああ　僕だって　今だって
叫ばなければ　やりきれない思いを
ああ　大切に　捨てないで

最後に、ガンバレ！　と叫んで終わるこの歌を、どうして今選んで歌ったのか、自分でもよくわからない。歌というのは、衝動だ。衝動に突き動かされて歌う、それが一番プリミティブでしあわせな歌い方だ。たぶん、私は自分にがんばれといいたかった。がんばれ。がんばって歌い切れ。

「決まったわね」
仁科さんが客席からいう。歌い終えてみると、客席じゃなくてただの稽古場だ。私は一礼をして舞台を降りた。

「どうしてあの歌を歌ったの？」

勢い込んで千夏が聞き、私はちょっと首を傾げる。

「わからない。でも、気持ちよかった。千夏のせいだよ。千夏ひとりで、千人分のお客さんぐらいの威力があったな」

「あら、私は？　私のことは眼中になかった？」

仁科さんが笑う。

「いえ、審査されていることを考えると声が硬くなりそうだったので、お客さんだと思うことにしました」

「お客さんだと緊張しないの？」

「はい。お客さんはエネルギーの塊ですから」

「頼もしいわね」

そういうと、ずっと黙っていた男性のほうを見た。

「紹介してなかったわね。この人はうちの主宰の伊戸洋介《いとようすけ》。もっとも、今回の若手公演は全部私が仕切ることになっているんだけど」

年齢不詳の男性が、私に軽く会釈をした。

「いったん事務所へ戻るわよ。大島《おおしま》さんや水木《みずき》さんにもお披露目したいし、あなた、いつから来られる？」

千夏が稽古場の電気を消している間に、仁科さんは落ち着いた声で尋ねた。

大島さんと水木さんて誰だろう。そう思ったら、後ろから千夏がささやいた。

「大島さんって人がうちの劇団の舞台監督。水木さんは音楽監督。玲、通ったんだよ」

「通ったって、え、今の歌だけで？」

私たちがひそひそ話しながらついていくのを、仁科さんが振り返った。

「あら、決まった、ってさっきいったじゃない。うちの次の公演の目玉になるわ。千夏と七緒、そこに絡む飛び道具が御木元さん、あなたよ。よろしく」

仁科さんが右手を差し出して、私はそれを握った。やわらかくて、あたたかい手だった。


そこからは、あっという間だった。

公演のタイトルは「終わらない歌」という。道理で千夏の意気込みが尋常ではなかったはずだ。なにしろ「終わらない歌」は千夏の大好きなブルーハーツの名曲のタイトルだったのだから。私があのオーディションで何も知らずに「人にやさしく」を歌ったのも、何かに導かれていたとしか思えない。

あらかじめ用意されていた脚本は、大筋はそのままに、二十五年の歳月を考慮して細部が書き直された。ストーリーはシンプルだ。歌手を夢見る女の子がライバルに出会い、恋をし、それを失い、やがて友情を得て、再び夢に向かう。初演当時に流行していた名曲たちがあちこちに鏤《ちりば》められたミュージカルだった。

毎日、大学の授業を終えてから稽古に通う。歌と踊りと芝居。歌えればいいはずだったのに、いつの間にかどっぷり巻き込まれている。ダンスの特訓がきつくて泣きそうになる。エチュードという即興芝居の基礎訓練ではいつも私ひとりが取り残される。

肉練《にくれん》と呼ばれる肉体的なトレーニングも毎日ある。柔軟、ストレッチ、腹筋に背筋、腕立て伏せ。アンサンブルの十数人も含め、みんなで輪になって小一時間は身体をつくる。ただでさえ運動が苦手な私にはこの時間が苦痛だ。もっと歌いたい。時間がもったいない。そう思っているのが顔に出ているらしい。肉練中に目が合うと、千夏は申し訳なさそうな顔で笑う。

早々に引き合わせられた三角形のもうひとつの角、早瀬七緒は、目立ってきれいな子だった。すらりとした身体に楚々《そそ》とした面立ちの、しなやかな仔鹿のような印象だ。いつかの公演で、アンサンブルの一員として千夏と一緒に歌っていたのを、そういえば見たことがあった。今回、三十人近くいる若手の中から千夏とふたりで抜擢《ばってき》されたのは、もちろん容姿のせいだけじゃないだろう。歌とダンスと芝居の実力は必須、それに自分の魅力をアピールできる度胸や器用さも重要だと思う。でも、はじめまして、と挨拶をしたときの笑顔は感じがよくて、ほっとした半面、少し意外だった。もっと押し出しの強い子を想像していた。いい子だよ、と千夏がいっていた。そのときは半信半疑だったのだ。ライバルなんじゃないのか、自分が一番になりたいはずじゃないか。そんな思い込みをじんわり溶かす笑顔だった。

顔合わせがあり、本読みがあり、すぐに立ち稽古が始まった。私たち三人の動きや声のバランスを見ながら、演出もその都度変わってゆく。歌を歌うことがメインの私の役でも、思いのほか振付は激しく、一幕どころか一場面だけで汗びっしょりになった。

それでも、音が聞こえる。かすかな音がずっと鳴っている。ヴィーーン。私の身体の奥でモーターが回り続けている。

生きてる事が大好きで　意味もなくコーフンしてる
一度に全てをのぞんで　マッハ50で駆け抜ける

歌い出すと、稽古場の空気が一瞬にして揺れるのがわかる。うつむいていた人が顔を上げる。誰かと顔を見合わせる。私の歌に耳をそばだて、目を閉じ、身体を揺らす。

歌を歌う。それがこんなにうれしいことだったなんて。私が歌い、千夏が応える。七緒に響く。三つの角が結ばれる。まだ危なっかしい三角形だ。波長が合わず、辺と辺が交差しないこともあるけれど。

「すごいです、玲さんの歌、すごいです」

稽古の合間に、顔にあどけなさの残るアンサンブルの男の子が駆け寄ってくる。

「ありがとう」

たっぷりの笑顔で答えたのは私ではない。

「どうして千夏がお礼をいうの。明生《あきお》は玲の歌をほめたのに」

くすくす笑いながら七緒が指摘する。

稽古が始まる前に、仁科さんがささやいた言葉が忘れられない。

「千夏が直情型で、七緒はセオリー重視の優等生タイプ。あなたみたいな歌い手が現れて、ふたりがどう変化していくか、すごく楽しみだわ」

どんなふうに変化するだろう。楽しみよりも、今は怖い。すでにふたりはとてもいい。

七緒は想像していたよりもうまい役者だった。顔の表情が豊かで、声もよく、台詞も聞き取りやすい。動くだけで華があり、踊るとさらに惹きつけられた。若手ナンバーワンといわれるというのもうなずける。歌も上手に歌う。少し個性には欠けるが、のど自慢に出てそつなく合格の鐘を鳴らす歌だ。

対して、千夏はまったく別のタイプだ。型にはまらず、生命力にあふれている。わけのわからない情熱の塊が小さな身体から発散されている。人よりも走り、人よりも跳び、人より速く、人より熱かった。千夏の歌は人の胸を打つ。千夏が舞台にいる限り、千夏から目が離せなくなる。

「七緒、シャツ――」

千夏が指を差し、見ると七緒の着ている白いTシャツが半分捲《めく》れて汗で貼り付いている。今稽古をしていたのが、大胆な振付で踊りまわるシーンだったからだろう。やだ、ありがと、と七緒がシャツを下ろすまでの短い間、私の目は七緒の白い脇腹に釘付けになった。やわらかそうな身体なのに、肋骨《ろっこつ》のすぐ下の辺りから引き締まって腹筋が割れている。思わず見惚れた。この筋肉が、あのダンスを、跳躍をつくり出すのだ。感嘆すると同時に、素朴な疑問が湧いた。七緒の見事な腹筋はきちんと七緒の歌を支えているだろうか。

「ねえ、七緒」

ちょうど休憩に入ったところだ。稽古場の隅に移動しながら聞いた。

「歌うとき、声はどこから出してる?」

口から、喉から、とはさすがに答えない。質問の意味を考えているようだ。

「お腹から、だと思う」

「うん、そう教わるよね。でも、体感的には違うと思うんだ。腹筋じゃなくて、むしろ背筋を使って歌うの。こう、背中のほうからぐるっと声をまわすようにして」

話しているそばから、七緒と、そばで真剣な表情で聞いていた千夏が肩甲骨を引く。口を縦に大きく開け、早速背筋を意識した発声を始める。

「……ほんとだ、背筋が効く」

「声が伸びるね」

背筋を使った発声そのものより、この飲み込みの速さが彼女たちの武器だと思った。

「ピアニッシモで、客席のいちばん後ろまで声を届かせるのが目標ね」

私の言葉にふたりしてうなずく。演劇的な歌唱と、声楽で学ぶ歌唱は違う。いろんな歌があり、いろんな歌い手がいる。だけど、少しでもよいものを、少しでも高いところへ。その気持ちが私たち三人を線で結ぶ。ぴたっとひとつの形にする。

ぞくぞくしている。ふたりとも恐ろしく吸収力が高い。昨日できなかったことが、今日は軽々とこなせるようになっている。三角形は簡単に崩れていく。千夏がぐいっと前に出て、角は限りなく鋭角に近づく。七緒と私が追いかける。三角形を保つためには、ロケットみたいに飛び出そうとする千夏を足下で踏ん張って支えなくちゃならない。

翌日には、また形が変わっている。七緒も伸びている。美しい容姿、しっかりと培《つちか》われた基礎、そして人一倍まじめで素直な性格が強みだ。物怖《ものお》じせずに、人と話す。人に聞く。それをすぐに取り入れる柔軟さがある。たとえばこうして稽古の合間に、千夏と私がふたりで話しているといつのまにかそばにいる。物理的な距離を取らず、少しでも交《まじ》わろうとする。もちろん、プライベートで仲よくしたいわけじゃないだろう。あくまでも三角形であろうとしているのだ。

三角形の定理を思い出す。外角は、それと隣り合わないふたつの内角の和に等しい。私たちは三人でバランスを測りながら形を探している。外から来た私は、外角としての視点で彼女たちを俯瞰《ふかん》し、あるときは内なる角としてただひたすらに歌う。

七緒が芯のある芝居をし、千夏はまるで重力から解き放たれたみたいに舞台の上で飛び跳ねる。私は、歌うだけだ。それで三角のひとつの角になりえていると信じて。

ふたりの存在が、私の胸を高鳴らせている。せめぎあっていながら勝負ではない、という関係がここにある。彼女たちは一瞬一瞬勝負しているように見えて、闘っているのではない。若手のメインとして、ふたりでこの劇団を支えていく。競いあって、凌《しの》ぎあって、大きくなっていく。仁科さんがこのふたりを次代のホープとして鍛えたいと考えているのもよくわかる。私だって、このふたりの行く末を見守りたいと思う。

ここで私にできることは何だろう。嫌でも考えないわけにはいかなかった。ただ歌えばいいのか。私がかきまわすことでバランスが崩れないか。

悩んでいる暇はない。少しでもよいほうへ進んでいこうとするふたりに、私は必死で追いつこうとして走る。ただ歌えばいい、という言葉に縋《すが》って、余計なことを考えず、ただ歌を、全力で。汗だらけのまま、稽古は続く。

「無理に演技しようと考えないで。リアルなあなたたちを前面に出して。それがいちばん魅力的だから」

仁科さんの指示は、やさしくて、むずかしい。リアルな私たちというのがいったいどういうものなのか、私たち自身にはわからない。そもそもリアルな自分が魅力的だなんてとても思えない。夢中でついていくだけで精いっぱいだ。舞台があって、歌があるから、なんとかこうして立っていられる。出来がどうか、舞台全体がどうなっているか、考える余裕はない。それでも、私の身体の奥からはモーターの回る音が静かに響き続けている。

世の中に冷たくされて　一人ボッチで泣いた夜
もうだめだと思うことは　今まで何度でもあった

二十五年前の歌だというのに今も胸を打つ。時を経ても残るものは、夢か、希望か、恋か、友か。それとも、歌か。

これから二十五年が過ぎて、私たちが仁科さんくらいの年齢になったとき、色褪《あ》せずに取り出せるもの、後から来る人に手渡せるものって何だろう。

パンパンと手を叩く音がして芝居が止められる。

「玲、集中して」

「はい、すみません」

歌――。夢よりも恋よりも友情よりも、きっと普遍的なもの。普遍的でありながら、最も個人的なもの。この舞台を通じて、誰かの個人的で普遍的な体験にかかわっていくのだ。そう考えると、武者震いが出る。少しでもよいものを、少しでも高いところへ、と望まずにはいられない。

真実《ホント》の瞬間はいつも　死ぬ程こわいものだから
逃げ出したくなったことは　今まで何度でもあった

私の歌に千夏が絡む。追いかけるように七緒が加わる。そこで止められた。

「七緒、頭で動くな」

ひときわ鋭い声が飛んで、稽古に緊張が走る。見なくてもわかる。声の主は伊戸さんだ。劇団の主宰で演出家で、仁科さんの夫でもある。この人もきっと昔は役者をやっていたそうだ。舞台映えしそうな長身と、彫りの深い顔立ち、よく通る声。基本的に仁科さんがプロデュースすることになっている今回の舞台も、ときどきはこうして観に来て演出に加わる。

「すみません」

「口先だけで謝るな」

七緒は何かいおうと開きかけていた口をぎゅっと噤んだ。

七緒の調子があまりよくないのは感じていた。普段の演目よりも歌が多く、動きも多く、しかも出ずっぱりだ。肉体的な疲労は相当なものだと思う。今度の公演が若手トップとしてのお披露目にもなる。単発的な外部ゲストの私とは、精神面での負担も比較にならないだろう。

気にするな、と伊戸さんはこちらを振り向きざまにいった。

「あんたは何も気にしなくていい」

ぎょろりとした目だが、口元は少し緩んでいるようにも見えた。

「あんたが入ることで、面白くなってる。何も心配せず堂々と歌を歌っていればいい」

突き放されたような感じがした。劇団員ではないのだからしかたがない。でも。

「歌うだけですか」

聞き返すと、彼はうなずいた。

「迷ってるんだろ。ただ歌うだけなのか、って。そうだよ、ただ歌うだけでいいんだ。あんたの価値はそれだ」

場違いなのはわかっているけれど、笑い出したくなった。ただ歌うだけ。それが私の価値。上等じゃないか。

「それだけあんたの歌は圧倒的なんだ」

伊戸さんは不躾に私の頭から足先までじろじろと見た。値踏みされてもひるまない。私の価値は歌だけだ。だけど圧倒的であるわけがない。私がいちばんよく知っている。大学に戻れば、私はただの目立たない歌い手だ。

「仁科から、歌がよくなってるといわれて観に来た。たしかに、以前とは雲泥の差だ。あんたのおかげだ」

「いえ」

「自分の歌のよさがわかるか？」

黙っていた。わかりません、といいたくなかった。私が信じてやらないで、誰が私の歌など聴きたいと思うだろう。

「芝居も悪くない」

「そんなことはないです。歌うことに夢中になってしまって、でも、私は歌しか求められていないんだから、これでいいんだろうって」

声が小さくなっていくのと同時に、別の気持ちがむくむくと大きくなる。これでいいんだろう、じゃない。そんなあやふやな気持ちじゃない。

きっぱりと顔を上げ、伊戸さんの厳しい目を見た。

「これしかできない、と思って歌っています。こんなふうにしかできない、ぎりぎりの、歌える限りの、歌です」

「それでいいじゃないか」

伊戸さんがうなずく。

「あんたの歌はいい。でも、歌だけじゃない。あんたは歌を育ててきたつもりで、歌があんたを育ててくれたんだな」

意味がわからなかった。黙って続きを待った。

「夢と希望。あんただろ、解釈を変えたのは」

伊戸さんはにやりと口の端を上げた。

「あ……はい」

解釈、といえるほどたいそうなものではない。ただ、劇中歌に出てくる「夢」や「希望」という単語を、素直に明るく歌うだけでは少し違うのではないかと、千夏と七緒に話した。夢や希望をよきものとして高らかに謳《うた》い上げるのではなく、疑いを持つくらいのほうがいいのではないか、と。

　夢は遠い。希望は儚《はかな》い。どんなに手を伸ばしてもつかめないかもしれない。夢も希望も、挫折や絶望のすぐそばにある。もしかしたら、欲しがらないほうがいいのではないか、希望など初めからないほうがよかったのではないかと疑いながら、それでも希望を持たないわけにはいかない。夢に向かわずにはいられない。

「なるほど、希望をよろこばずに歌うのは、リアルだと思ったよ」

「はい」

　パンドラの箱に、最後にたったひとつ残ったのが希望だったという。それは、福音だったのだろうか。先に箱から出ていった邪悪なものたちと同じように、実は、希望もゼウスのもたらした災厄のひとつだったのではないか。

　新たな解釈というよりも、自分自身の心の奥底にある本音だった。夢も、希望も、前向きなだけのものではない。それがあるから苦しい。でもそれなしではやっていけない。その気持ちを思い切って話したら、千夏も、七緒も、すぐに理解してくれた。同志なのだ。希望の塊のような千夏にも、前途有望なはずの七緒にも、夢と希望はときに重くて厳しいものなのだと判った。

「仕上がりが楽しみだよ」

　私が返事をする前に、伊戸さんは踵を返した。

「ありがとうございます」

背中に向かって頭を下げたけれど、まだだ。きちんとお礼をいえるほど、私は納得していない。「終わらない歌」のオリジナルを歌っているのはザ・ブルーハーツ、男性ヴォーカルだ。わざわざキーを変えてまで女性三人で歌う意味をしっかりつかみたい。夢や希望を恐れつつもなんとか近づこうとする。友や恋を欲しながら遠巻きに見ている。臆病なのに貪欲なのは、男だけじゃない。むしろ女のほうじゃないか。だから、解放する。歌で解放するんだ。だって、スイッチが入ったら最後、モーターが回り続けている。歌いたい、歌いたい、歌いたい。ずっとそう思い続けている。

クラスという狭い場所でさえ一番になれない。その事実がいつも胸に重くのしかかっていた。評価されても素直には受け取れない。だけど、もしかしたら、一番になれないことで得られるものがあったのか。

一番だったらここには来なかった。ここで歌うことはなかった。夢にも希望にも肯定的なイメージしか持たなかっただろう。一番の人には見えない景色を、私は見る。歌う場所がほしくて、聴いてくれる人を探して、ようやくここで歌うことができる。そのよろこびをかみしめることができる。

「うどんのみみって知ってる?」

駅までの帰り道、歩きながら千夏がいった。千夏はタフだ。七緒と私は疲れ切っていて、うぅん、とか、ああ、とか曖昧な返事しかできない。

「うちの実家、うどん屋なんだけどね」

うん、ああ。適当に答える。千夏は元気だな。

「手打ちの麺って、切れはしが出るの。生地を麺棒で伸ばして端から切っていった最後のところ。びろんて残ったり、細くなってたりね。いかにも手打ち麺って感じだから、みみを売りにする店もあるんだって。でも、それを父はいちいち取るんだよね。こんなのはプロの仕事じゃないって。茹《ゆ》でたときに火が均一に通らなかったり、つゆの絡み方が変わってきたりするからね」

もはや、私も七緒も、うんともああともいわない。千夏もそれで気にしないようで、車も少なくなった夜道をひとりで喋りながら歩いていく。

「でもさ、私、実はみみが好きなんだよね。たまーに混じってたりするとうれしくて。たしかに嚙み応えが違うから、その道を追求する人にとっては嫌なんだろうけど、なんていうか、味っていうかさ」

「あ、わかるような」

私の隣で七緒が反応する。

「すごくおいしいパン屋さんのフランスパンが、たまに形が不恰好で端っこのほうに焦げ目がついちゃってたりするの、意外とおいしかったりする」

「そうそう」

千夏がうれしそうに笑う。その笑顔を見てようやく気がついた。千夏は七緒のために話している。型通りに演技をしようとして、歌おうとして、七緒は硬くなっている。みみもおいしい。七緒に伝えようとしている。

「おいしいうどんにたまにみみが混じってると、なんかちょっと得した気分になるね」

私もいってみる。千夏と七緒が笑ってうなずく。ただしそれは普段から品質がよく、安定している場合の話だ。たまのイレギュラーが楽しいってことだ。

私が脇を固める。だから、七緒はたまに外してもいい。だいじょうぶ、安心して。めずらしく星のきれいな空を見上げ、口には出さず、心に決める。千夏が精いっぱいの言葉で七緒を励ますように、私は歌で七緒のよさを引き出すんだ。

「あ、見て」

千夏が声を上げた。

「あんなにはっきり見える。夏の大三角」

「え、どれ」

三人で初夏の空を見上げて、どれとどれが、と指を差しあった。

「もしかして、あの明るい星?」

「そう、そのこっち側の星と、ほら、あっちの少し暗い星と」

「ほんとだ、大三角だ」

立ち止まって無防備に空を見上げる。

「正三角形じゃなかったんだ」

七緒がいった。私もちょうどそう思っていたところだ。

「こと座のベガと、わし座のアルタイルと、あとなんだったかな、はくちょう座？　デネブ？」

しかもそれぞれ別の星座として輝いていて。

「ベガとアルタイルは、織姫と彦星だよ」

「え、じゃ、デネブってば完全にお邪魔じゃん」

「でもデネブとベガの距離のほうが近いよね」

「うん。ベガとアルタイルの間には、天の川がある」

三人揃って目を凝らす。東京の空に天の川は見えないけれど。

私たちも、正三角形である必要は、きっとない。

三角形には角が三つあって、どの角が一番か考えることに意味はない。私たちにできることは、それぞれの角を引き立てあって、強めあって、最高にかっこいい三角形をつくることなんじゃないか。

私は千夏に支えられている。七緒にも助けられている。私にできるのは、歌うことだけだ。歌に関してだけは、千夏にも、七緒にも、アドバンテージがあると思う。それなら、やることはひとつだ。私がふたりに合わせればいい。私が入ってどんな三角形ができるか楽しみにしてくれている仁科さんにも、気にするなといってくれた伊戸さんに応えるためにも、私がふたりの歌に合わせよう。ふたりの歌を最大限に活かせるように。

ふたりに合わせた上で、私は自分の歌を歌う。鋭角になったり、鈍角になったりしながら、一番美しい三角形を目指す。だいじょうぶ、合わせたからといって私の歌のよさが消えたりはしない。私が大事に育ててきたものは、そんなにやわじゃなかったはずだ。

本番の三週間前になって、やっと葉書ができてきた。公演を知らせるダイレクトメールだ。事務所の隅を借りて、手分けして宛名を書く。家に持ち帰ったらたぶん寝落ちしてしまう。低いテーブルで、床で、別の団員は机を借りて、書いていく。日曜日の昼夜、二回のみの公演だ。ひとりでも多くお客さんを集めなきゃならない。チケットを買ってほしい。舞台を観てほしい。両方とも、純粋な気持ちだ。一枚一枚葉書を書いて、それを見た人が公演を観に来て、チケットを買ってくれて、ようやく劇団にお金が入る。それがどんなに尊いことかと思う。

「2Bの名簿、あるよ」

ボールペンを走らせながら、千夏がいう。

「浅原《あさはら》も含めて毎回全員に出してるんだ。あと、3Cも。玲は3Aだったっけ」

うん、とうなずくけれど、3Aの名簿は持っていない。

「佐々木ひかりさま……と。ひかりはいつも観に来てくれるんだよ。忙しいだろうにありがたいよねぇ」

うん、とまたうなずく。ひかりが観に来てくれることを想像するだけでどきどきする。どんな今を見せられるだろう。昔のクラスメイトが観に来てくれるのは、うれしいような、くすぐったいような、へんな感じだ。

「あ」

名簿を見ていた千夏が手を止めている。

「どうかした？」

「うん、あやちゃんにはどうしようかと思って」

そうだ、あやちゃんはもうこっちにはいない。去年の春、北陸のほうへひとりで引っ越していった。遠くへ行ってしまって、今度の舞台を観に来られるとは思えない。千夏は、でもそれだけで葉書を出そうかどうか迷っているわけではないだろう。あやちゃんは何らかの事情でここから離れた。私たちがふたりで舞台に立つ晴れがましさを、素直によろこんでくれるだろうか。

あやちゃんに限ったことではない。ポストからゴミ箱へ、この葉書は直行するかもしれない。葉書に興味がないだけならまだしも、腹立たしく思う人もいないとも限らない。誰かにはおめでたいことが起き、誰かはへこたれていても。

「出せばいいと思うよ」

「そうだね、出そうね」

千夏がうなずく。きっとだいじょうぶ。あやちゃんはだいじょうぶ。いつかあやちゃんからしあわせな葉書が届くのを待っている。

「そういえば、ボーズ、結婚したっていってたね。住所変わっちゃったかな」

「あっ、そうだ、史香が婚約したらしいよ。すごいねぇ。私たちもうそんな歳になったんだねぇ」

「希美は髪伸ばして五キロ痩せて、見違えるくらいきれいになったんだって」

「そうそう、コリエは――」

千夏はひとりで喋っていたけれど、私が黙々と書いているのに気づいて口を閉じた。

「感心するよ。どこからそんなに昔のクラスメイトたちの情報が入るの」

宛名書きの手を止めずにいうと、千夏は、ふははと笑った。

「あのクラス、よかったよね」

そういうと、不意に声のトーンが変わった。

「みんなに観に来てほしいよね」

顔を上げないままうなずいた。観に来てほしい。聴きに来てほしい。できるだけ多くの人に。

ふと見ると、千夏がまた手を止めている。その目がまっすぐに私を見た。

「私たち、2Bで最後に歌ったとき、未来の自分に向けて歌うんだって決めたじゃない。覚えてる？　今、あのときの未来だよ。あのときから、ちゃんと今につながってるんだ」

　その途端、身体の底にあのときの熱気がよみがえった。光の中で、私はクラスメイトたちの目を、声を、見ていた。流れるピアノ。指揮のために振り上げた自分の手から何か熱いものが発せられるのを感じた。三十の声が雪どけの小川のように迸った。

　あの場所から、ここはつながっている。歌は終わらない。明日へ、そのまた明日へ、歌い続けていく。

「千夏」

　他の誰にも聞こえないくらいの小さな声でいう。

「誘ってくれてありがとう」

　千夏は黙って首を振る。おかっぱが揺れて、白い耳たぶが見える。

　ふと、みみの話を思い出した。うどんのみみ。たまに混じっているとおいしいみみ。七緒のために持ち出した話かと思っていたけれど、私のためだったんじゃないか。千夏は私を励ましたくて、あの話をした。私のみみの部分はクラシックでは評価されないかもしれないけど、ここではちゃんと魅力になる。それを七緒ではなく私にこそ伝えたかったんだ。

「ありがとう。みみの話も」

　千夏はまた黙って首を振った。

　歌おう、と思う。わけもなく、歌いたくてしょうがない。何のために、誰に向かって、歌うのかわからない。また、未来の自分へ向かってだろうか。違う、と思う。未来の自分がどこで何をしているか、知らない。知りたくない。私はただ、今、歌いたい。ここで、終わらない歌を。

予感はたいてい当たらない。だから、今日は悪い予感がしなければいけなかった。
誰かが失敗をする。他のふたりにもそれをカバーできない。三角形どころか、舞台が崩れる。
——駄目だ。そんなことが起きるわけがない。失敗はしない。もしもミスがあっても、残りのどちらかが必ずフォローする。三角形はさまざまな形に変化し、光り、舞い、歌が響き、芝居は進む。

悪い予感はいくら待ってもやってこない。どうしよう、と思いながら、胸の中にくつくつと笑いが広がる。間違いない。必ず、うまくいく。

今日は関係者を招いての、最後の通し稽古だ。劇団の本来のメイン俳優たちと全スタッフ、それに他劇団スタッフらしき人たちまで、思った以上の人数が集まっている。狭い稽古場は人の熱気に満ち、舞台監督とスタッフが忙《せわ》しなく働いている。

関係者席に、見たことのある人の顔があった。誰だっただろう。名前が思い出せないけれど、たぶん有名な人だと思う。この舞台への仁科さんの思い入れが伝わってくる。きっと私たちの出来に期待して、演劇関係の実力者たち何人もに声をかけてくれたのだ。

「だいじょうぶだよ、いつもとおんなじだと思えばいい」

千夏が威勢よくいうけれど、その声は心なしか上ずっている。

「やだ、千夏、もしかして緊張してるの？」

おっとりした七緒のほうがよほど落ち着いている。

「平気だってば、いつもとおんなじだよ」

小さく手を振って、舞台の反対側へまわる。私も平気だ。だって、三角形だから。外角は、隣り合わない内角の和に等しい。三つの角をそれぞれ信じている。演出や制作や舞台監督、音楽監督、振付、衣裳、メイク、大勢のスタッフに支えられて、三角形はこれから輝くはずだから。

舞台の袖で幕が開くのを待っている。──あ、不意に思い出した。さっきの人。広瀬修二だ。千夏の憧れの演出家ではないか。たしか去年、広瀬修二のオーディションを受けて落ちていたはずだ。観に来ているよ。知らせてあげたい。ううん、興奮しすぎてよくないかもしれないから、無事に終わってからだ。

仁科さんの短いMCが入る。照明がつき、音楽が鳴り出す。

行くよ、と目で合図を送ると、千夏がすばやくうなずいた。反対側の袖で、七緒がすごくいい顔をしている。

光の中へ、千夏が飛び出していく。私は後ろからゆっくりと歩き出す。誰も注目していない。まだいい。私を見ないで。もうすぐ歌うから。それまで私に気づかずにいて。

不思議に静まった気持ちを味わいながら、千夏と七緒の動きをとらえる。突然、音楽が弾ける。

もしも僕がいつか君と出会い話し合うなら

歌い出すと、観客の息が引いていくような感覚があった。息を引いて、私を見ている。私の歌を聴いている。私の声はどこまでも伸びていく。客席の後ろの壁に当たって跳ね返り、寄せてきた波のように、こちらから発する波とぶつかって、あちこちで火花を散らす。小さな劇場《こや》が私の歌と、それを聴いている人たちの息とでいっぱいになる。

決して負けない強い力を僕は一つだけ持つ

歌い終わった瞬間、客席から熱い塊が返ってくる。芝居の途中であるにもかかわらず、爆発するような拍手が起きる。起きかけて、止む。千夏が歌い出したからだ。声がのっている。勢いがある。なにより、魂がある。

終わらない歌を歌おう　僕や君や彼等のため
終わらない歌を歌おう　明日には笑えるように

いい歌だ。身体が反応している。あの歌に、私は応えなきゃいけない。千夏から迸るエネルギーに、重なって、拮抗《きっこう》して、最後には合わさって。そこへ七緒の歌が交わる。清楚でやわらかい声。交わって、離れて、また交わって。ひとつの塊になって舞台の上で渦巻いている。

一番になるとか、ならないとか、今はもうどうでもいい。お前はビリだと通告されても、誰かが私を笑っても、かまわない。私は私だ。今、舞台の上で心から笑える自分以外に、信じられる私がいるだろうか。

歌うことが楽しくて、歌うことがよろこびで、歌うことは生きていることで。

そんなこと、とっくに知っているはずだった。ずっと前から知っていて、ずっとそばにあると思っていた。でも、いつのまにか遠くに置いてきてしまっていたみたいだ。

歌があり、それに応える魂がある。歌に呼応して生まれるもうひとつの歌。歌に震える心。その心に動かされる歌。終わらない。続いていく。歌も、私たちも。

予感はやっぱり当たらない。きっとうまくいく、と思っていた。でも、そんな予感をはるかに超えたよろこびが身体じゅうに満ちていく。

鳴りやまない拍手を浴びながら、予感ではなく確信を抱く。私はきっとこのまま歌い続けて生きていくだろう。

敬愛する楽曲に心から感謝します。たくさんの力をお借りしました。

著者

初出一覧

シオンの娘　「紡」Vo
スライダーズ・ミックス　「紡」Vol.3
バームクーヘン、ふたたび　「紡」Vol.5
Joy to the world　「紡」Vol.6
コスモス　「F。BERRY」
終わらない歌　書き下ろし

単行本化に際して、大幅な改稿を行いました。

2011 Winter
2011 Summer&Autumn
2012 Spring
012 Summer&Autumn
012年４月号～10月号

Happy Birthday to You		原曲　ヒル姉妹「Good Morning to All」
讃美歌130番 よろこべや、たたえよや（シオンの娘）		
		作曲　ヘンデル（オラトリオ「マカベウスのユダ」より）
スライダーズ・ミックス		作曲　酒井 格
バームクーヘン	ザ・ハイロウズ	作詞・作曲　甲本ヒロト
合唱曲 ＣＯＳＭＯＳ		作詞・作曲　ミマス　編曲　冨澤 裕
Joy to the world	Three Dog Night	Words & Music by Hoyt Axton
ハバネラ～恋は野の鳥～（歌劇「カルメン」より）		作曲　ビゼー
人にやさしく	ザ・ブルーハーツ	作詞・作曲　甲本ヒロト
未来は僕等の手の中	ザ・ブルーハーツ	作詞・作曲　真島昌利
リンダリンダ	ザ・ブルーハーツ	作詞・作曲　甲本ヒロト
終わらない歌	ザ・ブルーハーツ	作詞・作曲　真島昌利

初出一覧

シオンの娘	「紡」Vol.1　2011 Winter
スライダーズ・ミックス	「紡」Vol.3　2011 Summer&Autumn
バームクーヘン、ふたたび	「紡」Vol.5　2012 Spring
Joy to the world	「紡」Vol.6　2012 Summer&Autumn
コスモス	「F。BERRY」2012年４月号～10月号
終わらない歌	書き下ろし

単行本化に際して、大幅な改稿を行いました。

[著者略歴]
宮下奈都（みやした　なつ）
1967年福井県生まれ。2004年「静かな雨」で文學界新人賞佳作に入選、デビュー。07年に刊行された書き下ろし長編『スコーレNo.4』が話題となる。著書に『よろこびの歌』『遠くの声に耳を澄ませて』『太陽のパスタ、豆のスープ』『田舎の紳士服店のモデルの妻』『メロディ・フェア』『誰かが足りない』『窓の向こうのガーシュウィン』、小路幸也氏との合作『つむじダブル』などがある。迷いながらも真摯に生きる登場人物の姿を、瑞々しい文章で丁寧にすくいあげ、繊細に紡ぎつづけている。

終《お》わらない歌《うた》

初版第１刷／2012年11月25日

著　者／宮下奈都
発行者／村山秀夫
発行所／株式会社実業之日本社
〒104-8233　東京都中央区京橋3-7-5　京橋スクエア
電話［編集］03(3562)2051　［販売］03(3535)4441
振替00110-6-326
http://www.j-n.co.jp/
小社のプライバシーポリシーは上記ホームページをご覧ください。

印刷所／大日本印刷
製本所／ブックアート

ISBN978-4-408-53615-6（文芸）